엄마

엄마

かか

우사미 린 소설

이소담 옮김

창비
Media Changbi

*
차
례
*

일러두기

* 본문의 주는 옮긴이 주이다.

* 원제인 '카카(かか)'는 엄마를 지칭하는 일본 사투리이다.

* 원서에서 저자는 일본의 각 지역 사투리를 섞어 썼다. 이 책에서는 우리나라의 특정
  지역 사투리로 번역하는 대신 표준어로 옮기고 필요한 경우에만 사투리를 살려 번역
  했다. 주인공 우짱은 사투리로 엄마를 '카카', 아빠를 '토토(とと)'라 부른다. 본문에서
  는 동생인 밋군을 부르는 2인칭 호칭 '오마이(おまい)'를 '니'로 옮겼다.

* 우짱의 '짱'과 밋군의 '군'은 이름 뒤에 애칭처럼 붙이는 일본식 표현이다.

그것은 우짱의 하얀 손가락 사이를 스르르 빠져나갔습니다. 겨우 건져냈다 싶으면 곧바로 도망쳐서 손안에는 결국 아무것도 안 남는 일이 계속 반복됐어요.

어렸을 때 우짱은 욕조에 금붕어 한 마리를 키운 적이 있어요. 아니요, 잿날*에 잡은 것도 아니고 누가 키우라고 준 것도 아니에요. 하기야 과연 길렀다고 말할 수 있을지 이제 와서는 심히 의심스럽긴 해요. 어쨌거나 정말로 잠깐이었으니까요. 그것은 욕조에 그저 둥둥 떠 있었습니다. 심홍색 몸은 창문에서 내리쬐는 오후 햇빛을 받아 따

---

* 신사나 절에서 신불을 공양하고 재를 올리는 날.

뜻한 물속 우짱의 허벅지에 그림자를 드리웠어요. 축제에서 금붕어 잡기를 할 때 쓰는 그 돋보기처럼 생긴 뜰채는 없으니까 우짱은 이렇게, 동글게 모은 손을 뱅글뱅글 돌리면서 잡으려고 했는데, 금붕어는 그때마다 재주 좋게 도망쳐서 우짱을 비웃는 듯이 가라앉았어요.

어린 우짱은 약이 올라 그걸 잡으려 했어요. 도무지 잡히지 않았는데, 두 손바닥을 밥공기 모양처럼 겹쳐 모아서, 바로 아래에서 하늘을 향해 살그머니 건져 올렸더니 몇 번 만에 성공했습니다. 만족스러웠죠. 두 손을 쓸 수 없으니 한바탕 고생했지만, 우짱은 다리를 최대한 번쩍 들어 어떻게든 욕조에서 나와서 알몸인 채로 아키코에게 달려갔습니다. 당시 막 같이 살기 시작한 사촌 언니의 놀란 얼굴이 보고 싶었거든요.

그건 갑자기 벌어진 일이었어요. 머리를 세차게 얻어맞았습니다. 너무 갑작스러워서 우짱은 말이 쏙 들어가 울지도 못하고 멍청히 아키코를 올려다보기만 했는데요. 뜻밖에도 아키코가 울음을 터뜨렸습니다. 여섯 살이나 어린 사촌 동생에게 증오의 감정을 숨기지 않는 아키코의 눈시울에서 눈물 한 줄기가 소리도 없이 떨어지는 모습을 보며 알몸인 우짱은 이상한 일이라고 생각했습니다.

그때 아키코가 화낸 이유를 우짱은 몇 년 뒤 초경이 찾아왔을 때에야 비로소 알았습니다. 여자의 다리 사이에서 흘러나온 혈액이 미지근한 물에 녹아 아름다운 금붕어가 되어 어린 우짱 앞에 모습을 드러냈던 겁니다.

엄마도 분명 그 금붕어를 본 적이 있었겠죠. 어떻게 생각했을지 궁금한데 물어볼 수 없으니까 왠지 답답하고, 그 아름다운 금붕어가 밉살스러워서 참을 수 없는 기분이었어요.

*

갑자기 기괴한 고백으로 시작해서 미안하지만, 우짱은 체모를 깎는 게 서툴러요. 처음 엄마의 면도기를 살갗에 댔을 때는 아무것도 바르지 않은 탓에 당연하게도 피부에 상처를 내고 새빨간 선을 그었어요. 지금이야 물론 거품을 내서 면도하니까 다치지는 않지만, 열아홉 살이 돼서도 어려운 건 똑같습니다.

정오를 지난 시간의 욕조는 더운물을 받지 않아도 가장자리 아슬아슬한 곳까지 태양 빛을 담고 있습니다. 속옷을 다리 아래로 홀딱 벗어두고 알몸으로 욕조 옆에 서 있다가 장딴지 부근부터 냉기가 차오르면, 우짱은 매번 후회합니다. 샤워기 물이 따뜻해질 때까지 알몸으로 기다려야 하니까요. 닭살 돋은 엉덩이나 배를 드러낸 채 차가운 물방울이 몸에 튀지 않도록 엉거주춤한 모습으로, 급속히 바닥을 침식해오는 물웅덩이에 최대한 닿지 않으려고 발끝으로 서서 샤워기 헤드를 붙잡은 모습은 누가 봐도 우스꽝스럽겠죠. 물에 적신 손바닥에 면도 크림 캔을 푹 눌러서 크림을 올리고, 손끝에 얹어 온몸 구석구석 펴 발라서 두께 5밀리미터 정도의 하얀 거품으로 고루 뒤덮은 다음에야 비로소 면도기를 미끄러뜨립니다. 특히 손가락과 팔은 깎기 힘든 부위인데, 부드러운 체모는 한두 번 오간 정도로는 사라져주지 않아요.

우짱은 언제나 면도를 할 때마다 그 과정이 여자가 되는 의식 같다고 생각합니다. 일부러 칼을 대서 부드러운 피부를 드러내는 것에 아주 조금 껄끄러운 기분이 듭니다. 치마허리를 몇 번이나 접어 엉덩이가 보일 정도로 짧게 올렸던 중고등학교 시절 반 애들과 똑같은 짓을 하는 것 같아서 싫은데, 그렇다고 그냥 두자니 오히려 궁상맞아 보이니까 그저 까만 것을 없애는 일에 집중할 수밖에요.

그리고 말이죠, 여자로서의 삶이나 속세를 벗어나려고 하는 출가와 여자가 되기 위한 면도는 정반대 행위이지만 똑같이 무언가를 '깎는다'는 이유만으로, 고전을 가르치던 I선생님에게 배운 시가 매번 떠오르는 건 재미있어요. 요즘 고등학교에 착실하게 다니지 않는 '니'는 잘 모를 수도 있는데, 내가 기억하기로는 출가하려던 여자가 읊은 시입니다.

'싸움이 끝없어 울적하다 하니 비구름에 매 날려 보내 슬프구나.'*

---

* 10세기 후반, 헤이안 시대에 쓰인 『가게로 일기(蜻蛉日記)』의 한 구절. 아들의 이름을 빌려 '미치쓰나의 어머니'로 불렸던 여성이 일부다처제 아래 경험한 결혼생활과 고뇌를 기록했다. 어느 날, 글의 화자가 출가해 비구니가 되고 싶다고 하자, 아들이 어머니 없이는 못 사니 자기도 따라가겠다고 말하며 운다. 어머니가 아들에게 출가하면 살생을 못 하

출가하겠다는 증거로 머리를 '깎아버리는 것'과 아들이 놓아준 매가 하늘 높이 '가로지르는 것'을 대비하는 시라 하는데*, 떠올릴 때마다 이상하게 바리캉을 붕붕거리며 머리를 깎는 여자가 떠오르고 마니까 이래도 되나 싶습니다.

평소보다 집요하게, 피부가 긁히는 아픔에 얼굴을 찌푸리면서도 까만 것이 전혀 보이지 않을 때까지 면도기로 밀었어요. 머리와 몸을 꼼꼼히 씻은 다음, 미처 깎이지 않은 끈질긴 털을 족집게로 완전히 뽑고 벌겋게 벌어진 모공을 냉수로 식히고, 화장수를 흠뻑 흡수시키고 크림을 바른 손으로 정성껏 마사지하는 것은, 남에게 보여줄 리 없는 오로지 나만을 위한 철저한 준비니까 그런 의미에서는 출가를 위한 '삭발'과 비슷할지도 모르겠어요. 평소보다 몇 시간 이른 9시 5분쯤 이부자리에 누워 알람시계

니 매 사냥을 위해 키우던 매를 놓아주라고 농담하자, 아들은 아끼던 매를 하늘로 날려 보내 자기 마음을 표현한다.

* '깎다(剃る)'와 '허공을 날다(逸る)'를 모두 '소루(そる)'라고 발음하는 데서 착안해, 동음이의어를 활용했다.

12

를 4시 반에 설정하고 잠들었습니다.

예전부터 우짱에게는 우짱만의 불문율이 있어서, 세상의 법률이나 일반적인 윤리관과는 전혀 다른 규칙성으로 나를 지배해요. 길 떠나는 모습을 누구에게도 보이면 안 된다고 정했으니까, 출발 준비를 하는 동안 누가 잠에서 깨면 그 순간 여행은 실패로 끝날 거라고 분명히 일러두고 잤는데도 불구하고, 엄마가 핫케이크를 만들다가 볼을 엎어뜨리는 소리에 잠에서 깼습니다. 6시였어요. 그때 밋군은 침대에서 자고 있었으니까 하나도 기억 못 하겠지만, 엄마가 시켜서 잠에 취한 니에게 가서 조용히 작별 인사를 했을 때, 우짱은 속으로 왜 하필 오늘 늦잠을 잤을까 싶어 크게 낙담하고 있었어.

아침을 준비해달라고 할 생각 따위 없었는데, 엄마는 잔뜩 보풀이 인 파자마를 입고 자기 배와 발치에 가루를 군데군데 묻히고 구시렁거리고 있었어요.

초등학생 시절, 처음으로 집 밖에서 자고 오는 체험학습을 하러 갈 때 헤어지기 싫다고 우는 우짱에게 부적을 만들어준 이후로, 엄마는 우짱이 멀리 떠날 때마다 뭔가

깜짝 선물을 해줍니다. 니에게도 그 뱀인지 용인지 모를 부적을 만들어줬는데 일찌감치 잃어버린 니와 달리, 우짱의 숙박용 배낭에는 지금도 펠트 토끼가 달려 있어요. 도시락에 편지가 들어 있던 적도 몇 번 있었고, 몰래 목도리를 떠준 적도 있었죠.

중학생이 되어 합숙하는 일이 늘어난 후로 그런 선물은 줄어들었는데, 그 시절이 갑자기 생각나기라도 했을까요.

"엄마, 이거 우짱한테 구워주려고 했어?"

바닥의 볼을 주우며 묻자, 엄마가 입을 꾹 다문 채 목 안으로 삼키며 응,이라고 대답했어요.

"많이 남았네."

"작은 것밖에 못 만들어."

울상을 짓는 엄마에게 "어차피 그렇게 많이 못 먹으니까 괜찮아, 남은 걸로 만들어줘"라고 말하고, 말려뒀던 터틀넥 셔츠를 입었습니다.

바닥에는 어젯밤 엄마가 남긴 흔적이 여기저기 남아 아직까지 의자와 신문과 맥주병 파편이 굴러다니지만, 매번 그렇듯이 엄마는 어제의 난동을 거의 기억하지 못

하고 방의 끔찍한 상태도 눈에 보이지 않는 것 같아요. 평소에는 얌전한 엄마가, 일단 술이 들어가면 돌변하는 걸 니도 잘 알고 있지. 파편에 베인 맨발에 피가 말라서 거뭇거뭇해진 상처가 있었지만, 몇 분쯤 지나자 재료를 섞으며 "초콜릿 소스로 할게"라고 기분 좋게 말하는 걸 보면 엄마는 아픔 따위 신경도 안 쓰나 봐요. 어쩌면 술 기운이 남아 있는 덕분에 아픔조차 못 느낄지도 모르죠. 툭하면 술 마시고 날뛰니까 집 안 꼴이 처참했어요.

침대 옆 충전 케이블에 꽂아둔 휴대폰, 방수 스프레이를 뿌려 말려둔 우비를 가방에 집어넣고, 엄마가 갓 구워준 작은 핫케이크 두 장을 랩에 싼 뒤, 우짱은 신발을 신었습니다. 눈이 내려도 미끄러지지 않는다고 해서 신발장 안쪽에서 꺼낸 끈 달린 까만 워커가 너무 작아서 발톱 끝이 앞코에 닿는 걸 느꼈지만, 이미 출발 시간이 늦었으니까 어쩔 수 없이 신고 가기로 했습니다.

잘 다녀오려무람쥐. 노래하는 듯한 목소리가 들려서 보니, 보풀투성이 줄무늬 파자마를 입고 앞머리를 소녀처럼 싹둑 자른 엄마가 서 있었어요. 다친 맨발을 차가운 현관

바닥에 바짝 붙이고 서서 불그스름한 얼굴에 다정한 미소를 한가득 짓고 있어요. 옛날에 엄마가 아침 일찍 일하러 갈 때처럼, 원래대로라면 우쨩은 다녀오겠습니다람쥐라고 대답해야 합니다. 그러나 대답할 수 없었어요. 이런 얼간이 같은 인사는 사투리도 아니고 할머니, 할아버지들이 쓰는 말도 아닌, 엄마가 만든 말입니다. "고마워키도키"는 "고마워", 또 "잠자리 잘 자"는 "잘 자럼", 니도 알다시피 엄마는 이런 말 이외에도 간사이 지방이나 규슈 지방의 엉터리 사투리 같기도 하고 어설픈 유아어 같기도 한 말투를 썼는데, 우쨩은 그걸 몰래 '엄마 사투리'라고 불렀어요. 니는 도쿄의 중학교에 입학한 후로 거의 쓰지 않았고, 우쨩 역시 집에서만이라고 해도 좀 민망해서 안 쓰려고도 했지만, 너를 부를 때 '니'라고 부르는 것도 따지고 보면 '엄마 사투리'인 셈이니 엄마한테 졌네요.

엄마는 내일 어떤 수술을 받을 예정입니다. 여행을 출발하는 오늘이 입원 날이기도 합니다. 그걸 모르는 척 여행을 계획한 우쨩을 니는 절대 비난하지 않았지만, 왜 그 타이밍에 우쨩이 혼자 여행을 떠났는지 그 이유는 제대로 알지 못했을 거예요. 엄마가 집에 없는 동안에 집안일을 하고 엄마를 돌볼 의무가 있었지만, 설마 그게 싫어서 도망친 것은 아니에요. 우짱에게는 목적이 있었어요. 어떤 생각과 대면하기 위해서였죠. 엄마가 입원한 동안 분명 큰 부담을 가지고 있었을 니에게 그렇게 변명을 하면서, 그때 그 여행을 떠났습니다. 나 자신을 제대로 인식하고, 목적을 이루기 위해서는, 여행을 떠날 필요가 있었습니다.

밋군, 우짱은 말이지, 엄마를 낳고 싶었어. 엄마를 임신하고 싶었어.

*

유치원 시절의 장래 희망은 엄마, 그러니까 아기를 낳아 어머니가 되는 거였어요. 노란색 종이에 선생님이 반듯하게 대신 써준 '어머니가 되고 싶어요'라는 글자가 묘하게 기억에 남아 있어요. 동아리 담당 선생님에게 "어머니는"이라고 말할 때, 혹은 학원 친구에게 "우리 마나님

17

이 말이야"라고 말할 때, 우짱은 늘 어딘가에 '엄마'를 깜박 두고 온 기분이 드는데, 과연 어린 시절의 우짱이 선생님에게 또렷하게 '어머니'라고 말했는지, 아니면 '엄마'라고 말했는데 '어머니'로 고쳐 적어준 것인지는 확실하지 않습니다.

우짱이 초등학교에 입학하고 얼마 지나지 않아 아빠가 집을 나갔어요. 바람을 피운 탓이었죠. 아빠와 교대라도 하듯이 엄마가 강아지 폴로를 데려왔고, 여름에는 와카야마에 살던 아키코가 할머니와 할아버지와 우짱 가족이 사는 여기 요코하마 집에서 같이 살게 됐어요. 니도 알다시피 아키코의 엄마, 즉 우짱과 니의 이모 유코가 세상을 떠났기 때문이었죠. 아키코의 아빠는 외국 출장이 워낙 잦아서, 아키코를 데리고 있을 수 없었어요. 그 후로 십 년도 더 지난 지금도 그렇듯이, 아키코는 절대 긴장을 풀지 않았어요. 마치 집에 처음 데려온 강아지 같았죠. 아키코보다 한두 달 일찍 강아지 폴로가 우리 집에 왔을 때, 니는 "배를 안 보여주네"라고 구시렁거리며 케이지의 촘촘한 틈새로 억지로 손가락을 쑤셔 넣어 폴로의 보드라운 털을 만지려고 시도했지만, 익숙하지 않은 환경에서 적에게 배를 보이지 않는 건 자연스러운 행동이래요. 아키코는 외출할 예정이 없는 날에도 새벽 5시에는 머리를 깔끔하게 정돈하고 옷을 챙겨 입었고, 목욕할 때는 제일 마지막에 들어갔고, 자기 전까지 자기 방에 아무도 못 들어오게 했죠. 요코하마 집은 원래 엄마의 친정이었으니까 유코 이모의 방은 비어 있었어요. 창고로 쓰던 그 방을 아키코가 썼는데, 우짱이 그 방에 들어간 건 손에 꼽을 정도입니다.

유코 이모의 장례식을 니가 기억할지 모르겠네요. 우짱에게는 몇 가지 이미지로 남았을 뿐이에요. 관에 하얀 꽃을 올려놓으면서 남에게 들키지 않게 유코 이모의 뺨을 가운뎃손가락 바깥쪽으로 살짝 만져봤는데 예상외로 딱딱했던 감촉, 마지막으로 관에 난 작은 창을 통해 유코 이모를 들여다보던 아키코가 눈을 크게 뜬 채 꼼짝하지 않아서 할머니가 소매를 잡아당겼더니, 처진 어깨에서 고풍스러운 까만 원피스 옷깃이 흘러내려 가냘픈 어깨가 드러난 것, 그뿐이에요. 장례식장에 있는 동안에는 사람의 죽음에 어울릴 만한 슬픔이 전혀 샘솟지 않아서, 그저 죽으면 안 된다는 진지한 분위기에 휩쓸려 입을 다물고 있었는데, 이모의 죽음에 알맞은 슬픔을 느낀 것은 유코 이모가 화장로에 들어간 뒤인지 혹은 전부 끝난 뒤인지는 모르겠으나, 아무튼 뒤편 강기슭에서 낡은 연통을 보고 있을 때였어요.

바람이 어둡고 거칠게 울어대는 산에 석양이 흠뻑 내려앉아 강 수면이 불똥이라도 튄 것처럼 타들어가며 반짝였어요. 유코 이모를 태운 연기는 부드러운 천을 풀어 하늘에 녹이는 듯 보였어요. 팔꿈치를 긁으며 그걸 지켜보던 우쨩은 제일 먼저 맹렬한 가려움을 느꼈고, 이어서 '게에 물렸구나' 하고 생각했어요. 엄마나 할아버지나 할머니가 종종 모기에 물렸다고 말할 때요, 그 당시 우쨩은 제대로 이해를 못 해서 '모기'가 아니라 '게'한테 물리는 거라고 생각했어요, 대체 언제 그 빨간 녀석이 와서 팔꿈치를 콱 물었을까 생각하며 마구 긁었어요.*

---

* 일본어로 모기는 '카(か)'이고 게는 '카니(かに)'이다. '모기에 물리다'는

부풀어 오른 그 부위를 손톱으로 짓누르는데 엄마가 뒤에서 "긁지 마"라고 주의를 주며 장례식용 까만 가방에서 물파스를 꺼내 발라줬어요. 가려운 부위에서 조금 벗어난 곳이었지만 우짱은 가만히 있었습니다. 여름 바람이 산 정상에서부터 시작해 강 건너편의 높이 자란 무성한 풀까지 흔든 다음 눅눅하고 훗훗한 풀의 열기를 남긴 채 마지막에는 속력을 잃었어요. 그런 어딘지 소란스런 냄새 속에 알싸한 물파스 냄새가 뒤섞였는데, 앞으로 아키코가 게에 물려도 물파스를 발라줄 유코 이모는 없다는 생각에 가려움 전부가 그대로 아픔이 됐어요.

우짱은 어린 시절부터, 타인을 타인이라 여길 때는 그의 아픔을 느끼지 못했어요. 내 사람은 별개입니다. 꼭 혈연만 가리키는 말이 아니에요. 내 사람이란 내 몸 안에 있는 사람*, 다시 말하면 자기 몸이라 할 수 있죠. 우짱은

'카니사사루(かにささる)'인데 어린 우짱은 이 말을 '카니니사사루(かににささる)'라고 이해해 모기가 아니라 게에 물렸다고 생각했다.

* 내 편, 내 사람을 뜻하는 일본어 '미우치(身内)'는, 몸 신(身)에 안 내(内) 자를 조합한 단어이다.

상대방을 내 몸 안에 넣었을 때만 그 사람을 나 자신으로 받아들여 아프게 여깁니다. 내 사람이 되면 나의 문제가 되니까 당연히 아파요. 유코 이모의 아픔은 느끼지 못해도, 아키코에게 유코 이모는 우짱에게 엄마와도 같으니 그게 견딜 수 없이 아팠습니다.

하지만 아키코는, 정확히 따지자면 우짱의 내 사람은 아니었어요. 결정적으로 아니게 된 시점은 아키코가 남자친구를 집에 데려오기 시작한 무렵이었어요. 첫 남자친구로 '야마켄 군'이 왔던 때를 우짱은 지금도 기억해요.

야마켄 군은 몸집이 컸고 음성도 표정도 부드러웠으나, 이 집의 분위기에서는 왠지 모르게 벗어나 있었어요. 집에 들어와 인사를 마치자마자 유코 이모의 위패를 모신 불단이 어디 있는지 묻더니, 그 앞에서 합장했습니다. 할머니는 나중에도 이때 일을 들먹이면서, 그 후에 아키코가 데려온 여러 남자친구와 비교하며 야마켄 군과 안정적으로 사귀면 좋았을 거라고 반복해서 말했는데, 우짱은 이 야마켄 군이 제일 싫었어요. 할머니가 불러서 2층에서 내려왔을 때, "얘가 우사기야?" 하고 어색하게 미소

22

짓던 그의 발치가, 볼이 넓은 발을 억지로 쑤셔 넣은 노란색 슬리퍼가 제일 먼저 눈에 들어왔어요. 평소에는 아무도 신지 않으면서 손님에게만 슬리퍼를 준비해주는 거야 뭐 괜찮은데, 그게 예전에 차이나타운에서 산 우쨩의 슬리퍼인 게 너무 신경 쓰여서 네,라고만 대답하고 따로 인사는 안 했습니다. 밋군은 초록색, 우쨩은 노란색으로 산 슬리퍼는 분명 지금은 전혀 신지 않는 추억 속 물건이 되어버렸지만, 막상 모르는 남자가 신자 갑자기 소중한 물건처럼 여겨지는 바람에 마음이 복잡했어요. 그걸 멋대로 신게 한 아키코도 신뢰할 수 없었죠.

당연히 야마켕 군처럼 다짜고짜 다다미 깔린 안방에 들어오는 사람은 더 이상 없었지만, 그 후에도 아키코가 데려온 남자친구는 모두 우쨩이나 니의 존재를 알고 있었고 엄마를 보고도 아키코의 어머니라고 착각한 적이 없었어요. 아키코가 우리 가족을 나쁘게 말한다는 사실은 그 남자들의 반응을 보면 알 수 있었어요. 아키코가 툭하면 가족을 곤란하게 했던 걸 니도 알고 있겠죠. 예를 들어 폴로에게 밥을 주지 않고도 줬다고 거짓말하거나

(아무것도 안 먹으면 노란 위액을 토하니까 알아요), 연하장을 감추거나, 엄마가 아끼는 한정판 립스틱을 마음대로 바르거나, 할아버지의 생일 축하 카드를 아무에게도 알리지 않고 혼자만 만들어서 분위기를 어색하게 하거나, 하나하나 따지면 사소한 일이고 학교처럼 규정이 있는 것도 아니니까 다들 어쩔 수 없다고 생각했지만, 우짱은 달랐어요. 숙제로 읽어야 하는 책이 사라져서 아키코에게 캐물었을 때도 할머니는 아키코가 가져간 줄 알면서도 우짱이 관리를 제대로 못 했다며 혼냈어요. 지금 생각해보면 그 슬리퍼도 일부러 야마켄 군에게 신게 했겠죠. 그런데 아키코는 밖에서는 심술궂은 아이가 아니었으니까 오히려 더 곤란했어요.

　못된 짓만 하는데도 할머니는 아키코를 귀여워했어요. 새 남자친구가 올 때마다 그를 평가했는데, 마지막에는 "아키코를 고르다니 보는 눈은 있네"라며 목구멍이 보이도록 크게 웃고, 엄마가 가져온 쟁반에서 채소절임을 내려놓으며 마치 손수 만든 것처럼 아키코의 남자친구에게 권했어요. 그리고 어쩔 줄 몰라 하는 남자에게서 술잔을

돌려받더니 엄마가 들고 있는 빈 쟁반에 올려놓았습니다. 엄마가 웃으며 그걸 정리할 때면 우짱은 일어나서 도왔습니다. 그런 우짱을 향해 하이볼을 마셔 벌게진 얼굴로 "좋은 아내가 되겠는데요"라고 말한 사람이 아키코의 몇 번째 남자친구였는지는 기억이 안 나네요.

긴 다리를 접고 앉아 어깨를 흔들거리며 이 집의 밥공기와 젓가락을 써서 음식을 먹는 주제에, 남자는 몇 번이나 아키코와 밖에서 잠을 잤어요. 아키코 나이쯤 되면 평범한 일인지도 모르지만, 우짱은 그럴 때면 밥을 먹는 것이 비참하게 느껴졌고 좋아하는 예능 방송도 예전처럼 즐겁지 않았어요. 남자가 쓴 밥공기를 거품 잔뜩 내서 문지르는 것이 분했어요. 그렇게 아키코가 외박할 때마다, 아빠가 엄마의 남자친구였던 시절 이야기를 할머니에게서 억지로 들을 때마다, 우짱이 엄마에게 품은 신앙은 점점 무너지기 시작했습니다. 말하자면 자신이 어떤 과정을 거쳐 태어났는지 깨닫게 된 거죠. 우짱은 누군가의 아내도 엄마도 되기 싫다고 생각하기 시작했어요.

아무튼 집에서 나왔습니다. 엄마의 시선이 등에 찐득하게 달라붙어 떨어지지 않았으나, 휴대폰과 충전기와 지갑 따위를 넣은 녹갈색 숄더백을 어깨에 걸고, 몸 옆으로 삐져나오는 커다란 여행용 배낭을 짊어짐으로써 그 시선을 끊어내는 데 성공했다고 생각해요. 집을 나와 가까운 역에 도착하는 30분 사이에 거의 밤이라고 해도 좋을 정도였던 하늘이 당연하게도 하얗게 밝아졌어요. 어렴풋이 남았던 미지근하고 다정한 밤의 어둠을 온전히 털어내고 새벽녘 은은한 빛이 여기저기에서 스며 나오기 시작했는데, 이동하다 보니 밤이 밝아지는 것이 아니라 밤의 거리에서 새벽의 거리, 동틀 녘의 거리로 나 자신이 걸어가는 것에 불과하다고 느껴져서 신기했습니다. 국도의 신호가 바뀌어 차가 엄청나게 밀려들어도, 통근이나 통학하는 사람이 보이고 아침이라 부르기에 어울리는 산뜻한 공기로 바뀌어도, 우짱 주변에는 여전히 농밀한 밤의 침묵이 내려앉아 있어서, 무언가를 두고 온 것 같다는 생각이 들었습니다.

갈아탈 역 플랫폼의 가장 비좁은 구석에 서서, 편의점

26

에서 눈꺼풀에 힘이 없는 여성 직원이 계산해준 미지근한 차를 한동안 손 위에서 굴리다가, 가방에 쑤셔 넣었습니다. 대신에 갓 구운 핫케이크를 꺼내 랩을 조심조심 벗겼는데, 초콜릿 소스가 삐져나와 꽁꽁 언 엄지손가락에 묻는 바람에 체온을 나눠주듯 정성껏 핥았어요. 아기들이나 할 행동이지만, 이른 아침의 플랫폼 구석은 아무도 안 보니까 괜찮아요.

난방이 들어온 열차 안에서는 순식간에 더워져 목까지 끌어올린 터틀넥이 답답했습니다. 창밖의 단조로운 경치를 바라보다 배가 고파서 하나 남은 핫케이크를 먹을지 고민하던 때였습니다. 오다와라에서 「원숭이 가마꾼」* 멜로디와 잡음과 한데 섞여 열차에 올라탄 유아차 안에는 두 살쯤 된 덩치 큰 아기가 누워 있었는데, 투명한 눈동자를 움직여 아기가 우짱을 본 순간, 우짱은 엉겁결에 자리를 양보했습니다. 앉으세요, 난방이 너무 잘된 탓에 갈라진 우짱의 목소리를 듣고, 눈 앞머리부터 꼬리

---

* 일본의 동요. JR 동일본 오다와라역에서 발차 멜로디로 사용한다.

까지 붙는 눈웃음 덕분에 영원히 웃고 있을 것처럼 좋은 사람 이미지를 풍기는 아기 엄마가 고맙다고 인사하는 모습은, 아기에게 휘둘리는 불쌍한 여자처럼 보였어요.

지금 니는 필시 우쨩의 아기 혐오가 나왔다고 착각했겠지. 그러나 절대로 선의로 자리를 양보한 건 아니에요. 당연히 체면 때문도 아니에요. 그 동그란 눈에는 복종할 수밖에 없었어요, 아기의 눈동자는 신에게 보호받는 증오스러운 눈동자니까. 신앙을 지닌 눈동자만큼 강한 것은 없어요. 설령 우쨩에게는 옆에 있는 여자가 그저 평범한 여자로 보이더라도, 아기의 눈에는 분명히 신과 같아 보일 테고, 에일리언처럼 새까맣고 축축한 그 눈동자는 인간을 단죄하는 힘을 지녔습니다. 아기가 냉랭한 시선을 그대로 유지한 채 천천히 입을 벌리자, 2월이라 얼어붙은 하얀 뺨과 몹시 뜨거워 보이는 입술 안쪽 새빨간 입안에서 우쨩은 시선을 떼지 못하고, 아기가 혹시라도 울려나 싶어 대비했어요. 그랬는데 입술은 잠깐 크게 벌려졌다가 닫혔을 뿐이에요. 변함없이 냉랭하고 무감정한 눈동자가 보였습니다.

하품이었습니다. 아기의 하품, 3초 혹은 5초에도 못 미치는 그 짧은 시간에 우짱은 아기를 질투하고 증오하고, 그런 마음을 간파당해 굴복하고 말았습니다. 아기 엄마가 편의점 봉지에서 꺼낸 기다란 초콜릿 빵을 시녀처럼 공손하게 찢어 아기의 포동포동한 손가락에 쥐여주는 모습을, 우짱은 머릿속에서 아침에 엄마가 만들어준 갓 구운 핫케이크와 비교했습니다. 졌다는 기분이 들었어요. 자리에서 일어났더니 중학교 수학여행 때 썼던 커다란 배낭이 유달리 눈에 띄어서 주변 시선이 따가웠습니다. 피가 도는 바람에 현기증이 일었고, 압박받은 공기가 내는 소리가 돌연 우짱을 숨 막히게 했어요.

늦잠을 잤으니까 당연한데, 종이에 인쇄해둔 예정 시간과 열차 도착 시간이 어그러져버렸습니다. 아무리 여유롭게 짜놓은 예정이라 해도 실수로 잘못 갈아타는 일이 생기면 안 되니까, 까닭 모를 분한 기분을 느끼면서 휴대폰으로 노선 정보 페이지를 열었습니다. 휴대폰을 쓰는 것은 무언가에 진 기분이지만 이런 상황에서는 어쩔 수 없어요.

요코하마에서 여행 목적지인 구마노*까지 완행열차로 열 시간 이상 걸리니까, 야간 버스나 고속철도 신칸센을 이용하지 않는 건 정말 멍청한 짓입니다. 그래도 일부러 완행을 고르고 인터넷을 끊으려는 이유는 청빈하지 않으면 목적을 이루지 못할 것 같기 때문이에요. 구마노에 참배하러 가는 몸에는 화장 역시 어울리지 않으니까 당연히 민낯입니다. 며칠에 걸쳐 산길을 걸어 참배했던 옛사람들처럼은 못 해도 신앙을 되돌리려면 그에 상응하는 고행을 해야 할 것 같습니다. 시간대 때문인지 도시에서 멀어지기 때문인지는 모르겠는데, 몇 번인가 갈아타는 동안에 매번 딱 앉을 수 있는 만큼 열차가 비었습니다. 눈을 가볍게 감고 머릿속을 차분하게 했습니다.

니도 언젠가 깨달을 텐데, 도쿄와 가까운 가나가와현

---

* 일본 혼슈 남서쪽의 와카야마현 남부와 미에현 남부에 걸친 지역으로, 구마노 고도(古道) 순례길이 있다. 구마노 삼사(三社)라 불리는 성스러운 신사 세 곳(구마노 혼구다이샤, 구마노 하야타마다이샤, 구마노 나치다이샤)으로 향하는 순례길이다.

출신 아이들은 도쿄로 상경하지 못해요. 하숙집에 살고 싶어도 고작 교통비 300엔이면 갈 수 있는 도쿄니까, 의미가 없죠. 요조한 포크*를 동경하며 들어도, 가나가와현에서는 고향을 그리워하기 위해 도시로 나갈 수가 없는 거예요. 책을 꺼내려고 가방을 뒤지는데 다운 코트 안에서 윙윙 진동하는 휴대폰을, 우짱은 처음에는 무시하려고 했습니다. 그러나 자꾸만 울려서 이어폰에서 나오는 음악이 끊기니까 결국 못 참고 SNS에 접속했습니다.

실명을 밝히는 계정은 위험할 수 있으니까 따로 없고, 팔로우하는 계정 대부분은 대중 연극 팬입니다. 특히 니시초노스케라는 온나가타**를 좋아하는 우짱은 그가 속한 아스카 극단의 팬과 어울립니다. 이 계정을 처음 만들었을 때는 취미가 같은 팔로워를 늘리는 데 정신이 팔렸었는데, 이백 명이 넘어갈 무렵부터 차츰차츰 계정 상황

---

* '다다미 넉 장 반 포크송(四畳半フォーク)'이라는 뜻으로, 돈 없는 청년들이 2.25평 정도 되는 비좁은 방에 자취하면서 만들어 부르던 포크송을 일컫는다.

** 일본 전통극 가부키에서 여성 역을 연기하는 남성 배우.

을 파악하기 어려워져서 비밀 계정을 새로 만들어 원래 있던 팔로워 중에서 특히 사이좋은 스무 명 내외의 계정만 팔로우했습니다. 지금은 본 계정은 방치한 채 오로지 이 좁은 커뮤니티 안에 있는데, 타임라인 대부분 극단과는 관계없는 일상적인 혼잣말로 채워지지만 그게 생각보다 편안해요. 팔로워가 겹치는 사람이 많아서 모두 같이 화장법이나 진로나 야한 이야기를 떠들 때도 있고, 새로운 것에 빠진 사람이 그 분야를 열정적으로 설명할 때도 있는가 하면, 누가 가족 때문에 불평하면 다 같이 걱정하고, 시험 합격이나 생일 때는 계정을 태그해 축하해주는 일도 잦아요. 반년에 한 번꼴로 사이가 틀어진 팔로워끼리 서로를 차단하거나 누군가 계정을 삭제해서 불편한 분위기가 흐를 때도 있지만, 워낙 좁은 곳이어서 그럴 때 말고는 제법 평화롭습니다. 그곳에 하나의 사회가 있답니다.

우쨩은 중학생 무렵부터 인터넷에 불평을 늘어놓는 빈도가 차츰차츰 늘어났습니다. 니도 아마 짐작하겠지만, 엄마가 발광하기 시작했기 때문이에요. 아빠가 바람피운 사실에 집착해서인지 아니면 다른 요인 때문인지, 확실한 이유는 아무에게도 말하지 않았지만, 아무튼 엄마는 뿌리 깊은 무언가에 괴로워하며 망가지고 있었죠.

발광은 한자로 '發狂'이라고 쓰는데, 그건 갑작스러운 게 아니에요. 망가진 배 밑바닥으로 바닷물이 스며들기 시작해 아주 서서히 배가 가라앉는 것처럼, 낮잠을 자다가 어스레한 해 질 무렵에 깼을 때 느끼는 것과 비슷한 불안과 공포가 망가진 마음 밑바닥에서부터 숨어 들어오는, 그런 것이 발광입니다.

하나 예를 들면, 어느 날 학교에 다녀와 현관에서 90점 넘은 시험지들이 든 가방을 신나게 내려놓는데, 안에서 치직거리는 압력솥 소리가 났어요. 얼른 들어가보니 봄 특유의 연한 저녁놀에 감싸여 동글게 몸을 만 엄마의 보풀이 인 노란 스웨터가 보였어요. 엄마는 웅크린 채로 물었습니다.

"어서 오려물여물, 오늘 학교에서 어땠니?"

"다녀왔어요물요물. 시험 결과 받아왔어, 잠깐만 기다려, 꺼낼게."

해를 받아 뜨끈뜨끈해진 데님 재질 가방을 뒤져 시험

지로 꽉 차 만두처럼 빵빵해진 파일을 꺼내왔는데, 엄마
는 우짱이 파일을 펼치는 걸 보지도 않고 물었어요.

"어땠니?"

"전부 90점을 넘었어, 영어도."

예전부터 우짱은 남들보다 엄마에게 의존하는 성향이
어서, 틀림없이 칭찬해주리라 기대하며 엄마를 봤습니다.
엄마는 어려서부터 우짱과 밋군을 칭찬할 때면 "역시 엄
마의 엔조들이야"라고 노래하듯 말하며 아직 색이 연한
머리카락을 빗겨주었어요. 우짱은 엔조가 누구인지 궁
금해서 한자로 쓴다면 어떻게 되나 머릿속으로 짐작해보
았는데, 아무래도 엄마는 '엔젤', 즉 천사를 말하고 싶었
던 것 같습니다. 알게 된 건 한참 나중이지만요, 아무튼
머리카락을 빗겨주는 따뜻한 손가락이 좋았어요. 그런데
그때 엄마는 잘했다고 말하면서도 정신이 딴 데 팔린 듯
이 미간에 주름을 잡았습니다.

"왜 그래?"

"엄마, 배가 아파."

쪼그려 앉아 어깨를 잡고 얼굴을 들여다보자, 엄마는

눈이 부신 듯이 눈을 꾹 감더니 느닷없이 울음을 터뜨렸습니다. 엄마는 자기 안의 감정을 더듬어 미간 주변에 착실하게 모아서 울어요. 눈물보다 먼저 목소리가 울고, 그 우는 목소리를 들은 귀가 반응해서 덩달아 우는 울음, 엄마는 매번 그런 방식으로 웁니다. 니가 언제던가 '가짜 울음'이라고 말했던 기분도 이해 못 하는 건 아닌데요, 가짜 울음은 아니에요. 아파, 너무 아파, 우쨍, 엄마, 배가 아파, 엄마가 웅크린 채로 서서히 바닥으로 무너져서, 우쨍도 아랫배 부근이 마치 먼 기억을 떠올릴 때처럼 아렴풋이 아파왔습니다.

"생리야? 진통제 먹지 그래?"

강아지 모양의 온열 패드를 전자레인지에 데우며 말하자, 엄마가 억누른 목소리로 뭐라고 소리쳤습니다.

"뭐라고 했어?"

"……었어!"

"미안, 뭐라고?"

"먹었어, 약은 제대로 먹었다고. 대체 왜, 왜 그런 식으로 말해? 우쨍은, 진짜 너무해, 맨날 우쨍은 쌀쌀맞다고.

왜 알아주질 않는 거야?"

쌀쌀맞단 말이야, 왜 그러는 거야,라고 말하며 이리저리 몸을 흔들었습니다. 화내는 이유는 모르겠지만, '먹었다'는 말에 뇌세포가 반응했는지 엄마 옆에 굴러다니는 빈 캔이 눈에 들어왔어요. 캔은 싱크대에도 조리대에도 있었는데, 제각각 주변의 부드러운 햇살을 모아 날카롭게 빛을 내뿜었습니다. 포근한 봄날의 석양이 고인 부엌에 술 냄새가 풍기는 것 같았습니다. 가끔 아빠가 불쑥 집에 오면 이렇게 되곤 해서, 아빠가 왔었는지 물어봤는데 딱히 그렇지는 않았던가 봐요.

엄마는 아빠가 바람피웠을 때 일을 자기 내면에서 수없이 반복해 덧그린 끝에 깊은 도랑을 만들고 말았고, 무슨 생각을 해도 그곳에 이르렀습니다. 아마 누구에게나 있을 거예요. 상처가 생기면 그 상처를 스스로 몇 번이고 덧그려서 더욱 깊게 상처를 내고 말아, 혼자서는 도저히 도망칠 수 없는 도랑을 만드는 일이. 그리고 그 도랑에 레코드 바늘을 올려 단 하나의 음악을, 자기를 괴롭히는 음악을 이끌어내 반복해 들으며 자기 자신을 위해 우는 일이.

할머니는 말이야, 유코가 혼자면 놀 상대가 없어서 불쌍하니까 엄마를 덤으로 낳았다고 말했어, 엄마는 덤으로 태어난 거야, 항상 그 지점에서 시작해 매번 완벽하게 똑같은 경로를 더듬어갑니다. 예전부터 묵묵히 견뎌왔던 중대한 비밀을 고백하는 듯이 진지하게, 더는 못 견디겠다는 표정으로 말을 시작하지만, 점점 아키코 이야기, 아빠 이야기로 이어지고, 아빠가 바람피우는 걸 알고서도 내버려뒀을 때의 이야기로 이어져서, 그 일이 지금 눈앞에서 벌어지고 있는 양 엄마가 흥분하는 모습을 니도 양손가락을 합치고도 세 배로 늘어나도 부족할 정도로 목격했겠지. 너무하지 않니, 그 자식은, 아빠는 자기가 잘못했으면서 엄마를 떠밀어서 이런 곳까지 다치게 했어, 뼈가 부러졌을지도 몰라, "이런 곳까지"라고 말하며 엄마는 안고 있던 팔을 보여주었습니다. 그때까지 웅크리고 있어서 보이지 않았던 엄마의 포동포동한 팔 안쪽에 1센티미터 굵기의 도려낸 듯한 상처가 났고, 피부 안쪽에서부터 피가 번져 있었어요. 내 팔의 똑같은 부위에서도 알코올 솜으로 닦는 듯한 특유의 섬뜩함이 느껴져서 "또 이

37

랬어?" 하고 화를 내자, 엄마는 침으로 축축한 입술을 깨물었습니다, 신음을 흘리며 보란 듯이 '견디고 있다'는 포즈를 취하니까 밉살스러웠습니다. 가장자리로 살갗이 뒤틀린 듯이 하얗게 자국이 남은 상처는, 오래전 아빠가 엄마를 밀어서 부엌의 까끌까끌한 타일 바닥에 넘어지면서 팔뚝이 긁혔을 때의 상처를 재현한 것이 분명합니다.

싫다고 도리질하며 흔들리는 거구를 떠밀고 소독약이 있는지 구급상자를 찾다가 설거짓거리 하나 없이 깨끗한 싱크대에 굴러다니는 필러를 봤습니다. 필러에 피와 거스러미 같은 피부가 붙어 있었어요. 엄마가 자기 팔을 공기에 드러내고 필러를 손목에 꾹 누르고서 팔꿈치 쪽까지 벗겨내는 상상을 하고 말아, 가슴과 명치 끝이 아파오면서 움직이지 못할 것 같은 감각을 견뎠습니다. 그것은 진짜 아픔과 비슷했어요. 엄마의 아픔은 원하든 원하지 않든 우짱에게 옮겨옵니다, 전에 그렇게 말했을 때 니는 못 믿겠다는 표정을 지었는데, 정말이에요.

우짱과 엄마는 경계가 매우 모호해서 언제나 피부까지 공유하는 것 같았어요. 어려서 길을 잃었을 때, 엄마를

찾아다니느라 넘어져서 벗겨진 무릎을, 집에 돌아온 후
에 엄마가 미안하다고 훌쩍거리면서 소독해줬던 것을 기
억해요. 엄마 손은 약손, 엄마 손은 약손을 함께 외치며
엄마가 너무도 아픈 표정을 지었으니까, 우짱은 정말로
아픔이 엄마에게 옮겨간 건 아닐지 의심했어요.

"있지, 뭔가, 엄마가 했을까? 뭔가 나쁜 짓을 했을까?
아빠를 고른 거, 엄마가 잘못한 걸까."

"안 했어. 엄마가 왜 나빠."

까득까득 소리를 내며 소독약의 파란 뚜껑을 열었을
때 엄마가 갑자기 자기 쪽으로 끌어당겨서 우짱은 고꾸
라졌습니다. 100엔 가게의 플라스틱 상자가 요란한 소리
를 내며 타일 바닥 위를 굴렀어요. 우짱, 우짱. 양쪽 귀를
감싸듯이 잡아 내 뺨에 떨리는 손톱을 세우고 이마에 입
맞춤이라도 할 듯이 바싹 끌어안고서, 엄마는 열네 살 딸
의 아직 쥐 털 같았던 부드러운 머리카락에 얼굴을 묻고
가슴 가득 숨을 들이마셨습니다. 두피가 살짝 아파서 손
가락으로 더듬어보니 머리카락을 움켜쥔 엄마의 손가락
이 눈물로 젖은 걸 알 수 있었어요. 귓가에 축축한 숨이

닿자 우짱의 허리가 움찔 굳었습니다. 오른쪽 허리에 전류가 달음박질하는 것 같았는데, 그게 뭔지 알기 싫어서 울고 싶었어요.

엄마에게 명확한 증오를 품은 것은 그때가 처음이었을 거예요, 엄마가 아빠와 이런 식으로 비비적대고 눈물과 햇살 냄새가 나는 뜨끈한 몸을 밀어붙이며 울었다고 생각하면 불쾌해 견딜 수 없었습니다. 엄마를 떠밀고 2층의 내 방으로 뛰어 올라갔습니다.

내 방 침대에 쓰러져 충전 케이블을 잡아당겨 휴대폰을 연결하고, 차가운 이불에 부어오른 허벅지를 밀어붙이고서 SNS 앱을 켜서, 평소라면 대충 타임라인을 훑어보고 좋아요를 눌렀겠으나 그때는 그럴 여유도 없이 힘들어라고 적었습니다. 이젠 끔찍해 인터넷에서 제일 처음으로 내뱉은 불평이었습니다. 그때까지는 누군가가 고민하면 다정하면서도 무신경하게 달래는 역할만 했었으니까요, 딱히 어울리는 타이밍이 아닌 것 같아 금방 지웠지만, 유노 님의 라비 님, 괜찮아?라는 말에 이상하게도 안심했던 기억이 나요. 고마워, 괜찮아 말꼬리에 뽕뽕 하트 마크를 넣고, 그 아이를 태그하지는 않고 올렸습니다. 상대방도 나도 열 명에서 스무 명 남짓한 팔로워만 있으니까 그렇게 해도 자연스럽게 대화가 성립하거든요.

인터넷은 생각보다 냉정하지 않습니다. 익명으로 드러내는 악의의 표출, 근거 없는 조롱과 비방 같은 것은 실제 쓰는 방식의 문제이고, 비공개로 잠그고 그 안에 박혀 있으면 사실 인터넷은 따스해요, 현실보다 아주 조금은 따스합니다. 표정이 보이지 않아서 상대방이 쓴 문장의 미세한 뉘앙스를 헤아리며 대해야 하고 인간관계도 복잡하니까, 귀찮은 점도 그다지 다르지 않아요. 아주 조금은 따스하다고 한 이유는 콤플렉스를 숨기고 안 해도 될 말은 안 해도 괜찮기 때문입니다. 겉모습으로 순식간에 첫인상이 정해지는 현실과는 다르게 아주 조금은 멋진 척하는 셀카를 올릴 수 있고, "학교 어디야?" 같은 질문을 하는 사람도 없고, 교실에서 혼자 도시락을 먹는 사실을 아무도 모르니까요. 다들 조금씩은 멋져 보일 수 있고, 남에게 말 못 할 고민은 누군가에게 직접 하는 게 아니라 '누군가가 있는' 곳에 내뱉을 수 있습니다.

몇 년이 지나 고등학생이 된 후에도 비공개 계정으로 새로 알게 된 팔로워는 몇 명뿐이고, 예전부터 알고 지낸 세 사람이 로그인을 안 하거나 계정을 삭제한 정도여서 분위기는 그다지 달라지지 않았습니다. 우짱은 웬만하면 얼굴을 보이기 싫어서 극단 공연이 있는 날에 팔로워가 같이 가자라고 말해도 이런저런 이유를 만들어 아무와도 만나지 않습니다.

공연이 끝나면 늘 배우가 배웅해줍니다. 온나가타를 할 때 일명 '나비'라고 불리는, 분을 바른 니시초노스케의 손이 눈앞에서 몇 번이나 관객의 손을 붙잡았다가 펼쳐지는 모습을 지켜보면, 정말로 팔랑팔랑 나비가 춤추는 것처럼 보입니다. 그 손이 바로 앞에 있는 여자의 손에서 떨어져 두 번쯤 작게 흔들렸다가 다음 손에 머무르려고 살짝 펼쳐졌을 때, 그때까지 펴져 있던 아름다운 손의 집게손가락이 살짝 팅기듯이 움직였습니다.

"라비 양."

그의 쉰 목소리가 그 자리의 공기를 간질였습니다. 우짱은 팬레터에도 SNS와 같은 이름을 썼어요.

"오늘 와줘서 고마워."

"좋았어요, 3막에 세 번째 곡."

"라비 양도 그 곡 요청해줬지?"

연갈색과 붉은색을 섞어 붓으로 가늘게 그린 눈썹이 모여, 옅게 지은 웃음이 당장이라도 울 듯한 얼굴로 바뀌기 직전에 멈춥니다. '나비'의 특기인 그 표정은 언제나 아름다워서 매번 정화되는 기분으로 손을 맞잡습니다. 몇 년에 걸쳐 응원해온 '나비'는 이미 내 얼굴을 기억하니까 두세 마디쯤 나누는 일은 드물지 않은데, 그래도 기쁜 건 여전히 똑같아요. 들뜬 기분으로 공연장을 나와 홀 뒤편의 지붕 아래에서 안개처럼 내리는 가랑비를 피하며 휴대폰 전원을 켰을 때입니다. 엄마 이름으로 부재중 전화가 열 건도 넘게 들어와 있었어요. 평소라면 용건이 있어도 두 번이면 끝인데 이렇게까지 긴급한 용건이 뭘까 싶어서 공연의 여운을 느끼지도 못하고 휴대폰을 귀에 댔습니다. 그 무렵에는 엄마가 필러로 전신을 벗겨내 걸레짝이 되어 죽을지도 모른다는 불안이 점차 부풀어서 이미 일상생활을 축축하게 침식할 정도였습니다.

"폴로가 없어."

맨 처음 '폴'이라는 소리가 내쉬는 숨과 함께 귀를 예리하게 찔렀습니다. 니가 처음으로 엄마에게 큰소리로 호통친 사건이 벌어진 날이었어요. 엄마의 목소리가 열기 때문에 물기를 띠었어요. 배 부근에 힘을 주어 최대한 냉정한 목소리로 설명을 요구했으나 전화 너머의 엄마는 꿈이라도 꾸는 듯 정신없습니다.

"그게 말이지, 이제 괜찮을까 싶어서, 엄마, 이제는 그만 둬도 괜찮을까 싶어서, 불쌍해서 차에서 내려줬어, 정말 아주 잠깐. 그랬더니 폴로, 폴짝폴짝 내렸는데, 차는 말이야, 난방 켜놨었고 밖에, 가랑비 내리니까 시원해서 기분이 좋았나 봐, 젖어서 차가워진 아스팔트에 코를 대고 쿵쿵 냄새를 맡으면서, 가버렸어. 어두웠으니까 안 보일 때까지 얼마 안 걸렸어. 엄마, 계속 보고 있었어."

차를 타고 찾아다녔는데 결국 못 찾았어. 그렇게 조용히 덧붙인 다음, 전화 너머로 호흡이 조금씩 떨리는 소리가 났어요. 엄마는 언제 어느 때나 생생하게 슬퍼하는 사람이라고 생각하지 않니?

"폴로, 사라져버렸어."

예의 우는 듯한 의도적인 목소리가 불분명하게 스며들었고, 울음소리가 옮겨와 눈앞의 대중 연극 포스터에 크게 인쇄된 배우의 얼굴이 일그러져 보였습니다. 학교에서 돌아왔는지 니가 지르는 큰소리가 전화 너머로도 또렷이 들렸습니다. 뭐가 사라져버렸어야, 엄마 때문이잖아, 폴로는 엄마 게 아니라고, 경찰 부를 거야, 알아들어? 전화 너머의 밋군 말에 아주 조금 안도하며 우짱은 아득해지던 감정을 분노로 어떻게든 일깨웠습니다. 죽어버려, 작게 읊조리며 불어넣은 첫음절 '죽'이 엄마의 귀에 콱 박히면 좋겠다고 바라며 전화를 끊었습니다.

폴로는 아빠와 교대라도 한 것처럼 우리 집에 왔습니다. 처음에는 부지런히 산책을 데리고 다녔지만, 가족이 어긋나면서부터 일주일에 한 번 나가면 괜찮은 정도가 되어서 참 가엾었어요. 폴로는 중성화한 수컷인데, 산책 중에 다리를 최대한 높이 들어 자그마한 성기를 바들거리며 쫄쫄 소변을 누는 모습을 보면, 뭘 위해서 살아가는가 싶어 안됐다고 생각한 적도 있습니다. 개가 소변으로

하는 영역 표시는 원래 여기 강한 수컷이 있다고 과시하는 게 목적이라는데, 암컷과 교미할 수 없는 폴로에게는 전혀 무의미한 행위일 뿐입니다. 엄마의 비극에 강제적으로 등장하고 휘말린 폴로가 안쓰러웠고, 그래서 또 화가 나기도 했어요. 니도 이런 혐오감을 잘 알고 있겠죠, 그러니까 그렇게 화를 낸 거죠. 그 후, 니에게 다시 전화를 걸었습니다. 무슨 말을 했는지 지금은 거의 기억하지 못하지만, 아키코에 관해서 물은 것만은 선명하게 기억합니다.

"아키코는 아직 안 왔어? 지금 상황을 알고 있어? 지금 뭐 하고 있어?"

그때 왜 그렇게 아키코에 관해 집요하게 캐물었는지 잘 설명할 수 없으나, 굳이 말하면 언제나 종잡을 수 없고 좀처럼 웃지도 않는 아키코가 폴로가 사라진 사실에 충분히 혼란스러워하는지 확인하고 싶었을 거예요.

"아키코는 할머니랑 할아버지랑 오페라에 갔어."

니는 주제와 아무런 관계없는 일이라는 듯 정말 아무렇지 않게 대답했습니다.

왜지,라고 생각했습니다. 입 밖으로 꺼내기도 했습니

다. 유코 이모를 잃은 아키코는 항상 할머니와 할아버지에게, 특히 할머니에게 귀여움을 받았습니다. 아키코를 혼내는 사람도 엄마가 아니라 할머니였는데, 옆에서 보기에도 애정을 쏟아붓는 질책이라는 게 훤히 보였어요. 할머니는 유코 이모가 살아 있는 동안 편애했으니까 주먹코만 빼면 유코 이모의 아리따운 유전자를 고스란히 물려받은 아키코가 귀여운 것도 자연스러운 흐름이었겠죠. 할머니는 일찍 요코하마 본가를 떠나 와카야마라는 먼 곳에 가서 살다가 너무도 일찍 죽어버린 사랑하는 딸을 한 번 더 키우는 기분이었을 게 분명합니다. 그렇지만 이해할 수 없었어요. 니는 학교에 가고, 우쨩도 학교 끝나고 연극을 보러 가는 줄 알고 있었으면서 왜 엄마를 혼자 남겨두고 오페라를 보러 갔을까요. 남겨진 엄마가 부엌에서 혼자 점심으로 컵라면을 먹거나 저녁을 차릴 것을 알았으면서 왜 갔을까요. 다른 사람은 모를 테지만, 그래도 우쨩은 엄마가 어떤 이유로 폴로를 데리고 나갔는지 너무 잘 이해할 수 있어서, 할머니와 아키코를 향해 분노를 뛰어넘은 흉악한 감정이 가슴을 스쳤습니다.

"왜라니, 내가 어떻게 알아, 지금 그게 무슨 상관인데."

보란 듯한 분풀이였을 거예요, 용돈으로 대중 연극을 보러 가는 우짱에게, 혹은 동네 평범한 중학교를 졸업했을 뿐인 아키코와 달리 사립 중학교와 고등학교에 다니는 남매에게 하는 분풀이. 할머니는 할아버지의 돈으로 아키코에게 우짱의 연극보다 몇 배는 더 비싼 오페라를 보여주고, 고급 레스토랑에서 배불리 먹여서 아키코를 기분 좋게 해주려던 것이었을지도 모릅니다.

서둘러 집에 가자, 아직 세 사람은 돌아오지 않았고 니는 지친 표정으로 휴대폰을 손에 든 채 소파에 누워 있었으며 엄마는 사계절 내내 내놓는 고타쓰에 하반신을 넣은 채 옻칠한 테이블에 엎드려 있었어요.

"저녁, 필요 없대, 할머니가."

엄마는 그대로 엎드린 채 팔 사이로 중얼거렸습니다. 선반에서부터 어중간하게 뻗은 전화선 끝에 수화기가 묘한 꼴로 공중에 매달려 있었어요.

"이미 만들었는데."

부엌에는 6인분의 돼지고기 생강구이가 뒤집혀 있었고

접시 여섯 장 중 세 장은 바닥에 떨어져 깨져 있었어요, 짙은 음모 같은 엄마의 머리카락에 도자기 파편들이 달라붙어 반짝이는 이유를 알고, 우짱은 유일하게 무사한 물 같은 된장국을 데우지도 않고 묵묵히 마셨습니다.

이불을 덮고 누웠는데 목 안에 가래가 껴서 도무지 잠을 잘 수 없었고, 휴지에 뱉으려고 했으나 침 때문에 축축해지기만 하고 가래는 계속 엉겨 붙어 있었습니다. 휴지를 감은 손가락을 입 안으로 넣어 혀를 잡아당겼습니다. 구역질과 함께 갑자기 비명이 나올 것 같아서 황급히 휴지를 물었습니다. 그랬더니 은은하게 달콤한 향이 나서, 폴로가 자주 사람들이 내던진 휴지를 물고 먹으려던 이유를 알 것 같았습니다.

이틀도 지나지 않아 폴로는 돌아왔습니다. 역으로 네 정거장쯤 떨어진 집에서 보호하다가 하루 지나 경찰서에 신고해주었는데요, 폴로는 눈곱이 껴서 몰골이 초라했습니다. 다시 만난 폴로는 젖은 상태도 아니었는데, 떨어져 있는 동안 이 갈색 개가 맞았을 분량의 차가운 빗방울이 손에 느껴지는 것 같았습니다. 우짱은 폴로를 안아주었습니다.

집에 데리고 왔더니 엄마와 할머니가 말다툼 중이었습니다. 개 전용 빗을 가지러 거실로 들어가니 니는 소파에서 휴대폰을 보고 있었어요. 니는 우짱을 보지도 않고, 현관에 대고 폴로 하고 부르더니, 폴로가 발톱으로 바닥을 긁어서 내는 벅벅거리는 소리를 확인하고는 다시 휴대폰으로 시선을 돌렸습니다. 발단이 뭔지는 모르지만, 할머니는 연설이라도 하듯이 오른손을 들었고 엄마는 얼굴에 팩을 붙인 채 무릎을 끌어안고 앉아서 과호흡이 오는지 숨을 쉴 때마다 몸을 흔들고 있었어요. 강렬한 석양이 내리쬐고 있었습니다.

"너는 허구한 날 뭐든 꼬아서 생각하는 애야, 어려서부터 유코의 옷을 물려받기 싫어했고 같은 학원에 다니는 것도 싫어했지, 한심해, 거지도 아니고, 나는 똑같이 대했는데 왜 이리 애정을 구걸해."

"그렇지만 덤으로 낳았다며, 유코의 덤으로 낳았다고 말했잖아."

무릎을 안고 끙끙대는 엄마를 힐끔 보더니 니는 비웃

50

는 듯한 표정을 지었습니다. 팩을 붙인 얼굴로 우는 엄마
가 우스꽝스럽겠지만, 우짱은 그 상황에서 웃는 정신머
리를 이해할 수 없었어요. 우짱에게 눈짓을 보내며 낄낄
대는 니를 아무 말 없이 노려보고 현관으로 돌아갔습니
다. 폴로의 엉킨 갈색 털을 빗으로 정성껏 풀어주며 할머
니의 목소리를 듣고 있으니 머리가 멍해졌습니다. 개의
목 쪽으로, 빗기면 금색처럼 빛나는 털은 특히 부드럽고
석양 냄새가 납니다. 그래, 덤이었다고 말했지, 정말이지
너 같은 팔푼이는. 유코는 말이다, 죽는 순간까지 그런 저
열한 소리는 안 했어. 너처럼 왜 자기가 병에 걸려야 했냐
고 배배 꼬아서 생각하지 않았어. 유코가 단 한 번이라도
널 원망한 적이 있니, 아키코도 너보다 몇천 배 몇억 배나
힘들 텐데, 맨날 자기만 불쌍하다고 하는 너는 저열해, 한
심해, 왜 이해를 못 해주니, 왜 가엾다고 생각하지 못하냐
고. 그만 좀 해, 하는 엄마의 목소리가 들렸으나 할머니의
말은 점점 더 격해졌습니다. 엄마도 할머니도 폭발적으로
똑같이 큰소리치는데, 술에 취하면 마구잡이로 화풀이
하는 엄마와 달리 할머니는 기다렸다는 듯이 엄마가 간

신히 몸을 의지하는 가장 비극적인 부분, 미화하지 않고
서는 견디지 못하는 엄마 이야기의 핵심을 찔러 무너뜨립
니다.

뒷다리 사이에 꼬리를 말아 넣은 폴로를 달래 품에 안
고 욕실로 갔습니다. 따뜻한 물로 다리를 씻기고, 부드러
운 털 사이로 엉덩이와 성기도 닦아주고, 하는 김에 욕조
를 청소했습니다. 욕실에 울리는 따뜻한 물소리가 거실
의 말다툼을 간단하게 지워주었습니다. 마지막으로 양치
를 해주려고 폴로의 코끝을 잡자, 그렇게 힘을 세게 주지
도 않았는데 폴로는 낑 하고 울었습니다.

우짱을 포함한 집안사람들은 이미 지칠 대로 지쳐서
엄마가 날뛰어도 며칠간 무시했어요. 옥신각신하느라 생
긴 멍이 전부 합쳐서 열 군데쯤 됐을 때야 간신히 엄마가
난동을 그만뒀습니다. 엄마의 공격은 가족 모두에게 향
했는데, 우짱은 그게 타인에게 해를 끼치는 것이 아니라
엄마가 하는 자해 행위 중 하나라는 것을 알고 있었습니
다. 우짱과 마찬가지로 엄마는 자기 육체와 상대의 육체
를 동일시해버리는 부류의 인간입니다. 자기 몸이니까 아

무리 아프게 해도 괜찮다고 여기는 거예요. 맹렬한 자해 행위가 끝나면 온몸의 에너지를 다 써버린 엄마는 아기처럼 드러누워 꼼짝하지 않습니다. 우리가 권해 정신과에 다니기 시작했는데 병원에서 받은 많은 약을 술과 같이 마시고 히스테리를 부렸고, 할아버지가 엄마를 알코올중독 병원이나 정신과에 입원시키겠다고 말을 꺼낸 것이 이 년 전, 실제로 들여보낸 것이 일 년 전쯤의 일입니다.

키우는 개가 엄마 때문에 행방불명이 됐다는 글에 인터넷 속 사람들은 저마다 걱정해줬습니다. 돌아왔다는 글에도 안심했다고 말해줬습니다. 정성스레 답글을 달았습니다. 우짱도 팔로워 중 누군가 엄마가 다른 남동생 때문에 고민하거나 따돌림 때문에 괴로워하면 좋아요를 눌러주고, 쓸데없는 말로 괜한 상처를 주지 않으려고 조심히 위로하곤 했어요.

그때 이미 우짱의 등교 횟수는 드문드문했기에 우짱이 속한 사회는 거의 SNS와 집만으로 좁혀졌습니다. 니는 아마 모르겠지만, 사실 학교에 간다고 말하고 집에서 나와 요코하마의 푸드코트에서 몇 시간이나 보내기도 했어요. 어려서 종종 옥상에 올라가 놀았던 백화점에서 입시 공부를 하거나 학교를 결석한 동안 나온 숙제를 하거나, 남들 눈에 띄지 않게 울면서 보내는 날들은 끔찍했습니다. 당연히 우짱의 성적은 마구 떨어져 지정교 추천*에도 일반 전형에도 떨어져서 지금 이렇게 재수생이 됐습니다.

*

나고야에 도착했을 때는 벌써 완연한 낮이었습니다. 빨간색, 남색 코트에 겨울바람을 휘감은 사람들이 광고에 둘러싸인 벽 사이를 흘러갑니다. 왁자지껄한 잡음이 스쳐 지나가면서 누군가의 단편적인 대화가 되어 귀에 도착했다가 다시 멀어져 뒤섞입니다. 그 도회적인 광경은 우짱을 실망하게 하는 동시에 안도하게끔 했어요. 그게 한심해서 우짱은 최대한 빨리 속세를 벗어나고 싶다고 생

---

* 일본의 사립 대학에서 지정한 고등학교 소속 학생이 해당 대학에 입학을 희망하면 우선 선발하는 입시 방식.

각했습니다.

화장실 줄에 서서 휴대폰을 들여다보는데 뒤에서 찌르며 저기요, 비었는데요, 하고 재촉했습니다. 죄송합니다, 죄송합니다, 사과하면서 이어폰이 늘어진 휴대폰을 한 손에 들고 허둥지둥 좁은 칸으로 들어갔습니다. 고리에 배낭을 걸고 집에서부터 지금까지 쭉 입고 있었던 다운 코트와 파카를 벗는데, 어쩐지 살코기나 하얀 비계 따위를 갈라 벌리는 기분이었어요. 땀에 흠뻑 젖은 터틀넥과 브라 톱을 벗자 갑자기 공기에 드러난 배가 급속도로 차가워졌습니다. 대충이나마 벗은 덕에 일단 편한 상태로, 읽은 표시가 된 메시지에 초조하게 답을 보냈습니다. 허벅지 부근도 젖었다는 걸 깨달았어요. 바지의 쨍쨍한 고무줄에 손가락을 쑤셔 넣어 살짝 사이를 벌리자 습하고 피 냄새가 나는 것이, 생리였습니다. 그건 늘 당돌하게 시작해요. 혹시 모르니까 얇은 생리대를 붙여두길 잘했습니다. 두툼한 생리대로 갈다가 생리 중에 참배하는 건 안 좋다고 어디서 들은 말이 문득 떠올라 신에게 송구한 기분이 들었습니다. 목적지에 계실 신이 과연 용서해주실

55

까 생각하다가 여행을 떠나기 이틀쯤 전에 "마지막 생리를 시작했어"라며 울던 엄마가 떠올랐습니다. 무슨 인연인지 우짱과 엄마는 생리 주기가 거의 겹칩니다.

열차를 갈아탄 후에는 한 시간 이상 가야 해서 여유로웠습니다. 어쩐지 인터넷에 접속하는 것에 대한 저항감도 사라져서 무심히 타임라인을 훑어보는데, 코 모공이 막혀서 완전 완전 대박 이거 보여주고 싶을 정돈데 보여줘도 되려나라는 산딸기 님의 글이 보였습니다.

으아 그거? 세안 열심히 해도 잘 안 없어지더라

보여주지 마(웃음)

산딸기 정체가 아예 코라는 이론 어때

몇 명이서 활발하게 반응하길래 우짱도 그걸 캡처해서 첨부하고 재밌다고만 적었습니다. 곧 세 명이 좋아요를 눌렀습니다. 다들 여자끼리니까 화장이나 옷 이야기도 하고, 때때로 이렇게 딸기코가 어쩼다느니 여드름이 어쩼다느니 조금은 말하기 어려운 화제가 나올 때도 있습니다.

여행을 떠나기 전에 최근에 친구가 버진 졸업한 것 같아, 되게 얌전한 애여서 놀랐어라는 스튜어트 님의 글을 시작으로 타임라인이 들끓은 적이 있었어요. 보통 남친 불평만 늘어놓는 20대 미도리 님이 열다섯에 버렸으니까 이젠 감흥도 없어라고 말하자 곧바로 좋아요가 다섯 개 붙었습니다. 우쫑도 눌렀습니다. 다들 팔로워가 적은 비공개 계정이라 평소에는 좋아요가 대체로 하나에서 세 개쯤 붙곤 하는데, 이렇게 다 같이 마구 글을 올릴 때는 다섯 개에서 여덟 개쯤 좋아요가 붙게 됩니다. 다음 글이 올라오기까지 잠깐 정적이 흘렀고, 할짝할짝 푸딩 님의 미도리 님은……이르지 않아?라는 글에 또 네 개쯤 좋아요가 모였습니다.

나 첫 남친이 지금 남친인데

다들 벌써 해버린 거야? 아니 여기 팔로워 중에 중학생도 있잖아 엑

비인기녀에게 가슴 아픈 타임라인 그만하지

거침없이 말하는 사람은 적었지만 거의 모두가 어떤 반응이든 보여서, 그때까지 실체가 없다고 여겼던 각 계정의 극단 배우 아이콘이나 화초 아이콘이 문득 생생해지는 바람에 앱을 꺼버렸습니다. 구급차 소리가 들리나 싶더니 방 안에 붉은빛이 반사되다 멀어졌고, 몸 아래에서

흐르는 피가 소리를 내는데 몸을 웅크려도 계속 들렸습니다.

귀 안쪽에서 흐르는 피 소리에 섞여 차가 들어오는 소리가 났습니다. 조금씩 후진해 주차하려는 걸 알아차리고, 뒷마당에 내놓은 폴로가 떠올라 우짱은 담요를 걷어차고 아래층으로 뛰어갔습니다. 도중에 세탁을 마친 옷이 든 플라스틱 빨래 바구니가 발에 걸려서 그걸 들고 뒷마당으로 나갔어요. 아빠가 한 걸음 먼저 뒷마당에 도착해 있어서 분했습니다. 벌써 10킬로그램까지 자란 폴로는 성격이 워낙 싹싹해서, 우리 집에는 아빠와 교대하듯이 왔음에도 불구하고 날카롭게 짖는 동시에 꼬리를 치며 기뻐했습니다. 청바지에 앞을 풀어 헤친 셔츠 차림인 아빠는 뒷마당 울타리를 넘다가 달려드는 폴로 때문에 비틀거리고 어쩔 수 없다는 표정으로 웃으며 쓰다듬어주었는데, 우짱이 온 걸 알고 어떻게 고개를 들어야 하나 고민하는 게 뻔히 보였습니다. 예전에 야마켄 군이 불단이 있는 안방에 들어가 집 사람들의 환심을 샀을 때와 마찬가지로, 아빠는 반드시 폴로를 귀여워한 다음에 뒷마당을 가로지릅니다.

양육비는 계좌에 넣기로 약속했는데, 가끔 직접 주러 오거나 여행을 다녀왔다면서 선물을 가지고 오기도 합니다. 예전에 같이 살 때는 선물이랍시고 본인이 먹을 토속주나 안주만 사 왔으면서 집을 나간 이후로는 이따금 사 오던 양과자만 들고 오는 게 우스꽝스러우면서 어쩐지 서글펐습니다.

"선물이다, 자."

무뚝뚝한 말투와 달리, 내민 손길이 언뜻 조심스러워 보여 불쾌해서 거기 두라고 말했습니다. 아마 그 안에 양육비 봉투도 들었겠죠.

"엄마는" 하고 물어서 당연히 입원 사실을 모르는 줄 알고 말할지 말지 고민했는데, 이미 엄마에게 전화를 받았다고 했습니다. 다만 중요한 병원 이름을 알려주지 않아서 할머니에게 상태라도 물어보려고 왔다고 했습니다.

딱히 배신도 아닌데 엄마에게 배신당했다고 생각했어요. 또 일부러 상태를 확인하러 온 아빠에게 놀랐습니다. 여기까지 왔으면서 우쨍에게 자세히 캐묻지 않는 아빠가 답답해서 견딜 수 없었어요.

교육위원회의 처분을 받은 교사나 약물 소지가 발각된 베테랑 아나운서처럼, 거만하게 굴던 인간이 갑자기 힘을 잃으면 그때까지의 위세가 허세로 보이기도 하는데, 그런 허세가 불쌍해 보이는 것만큼 한심한 일도 없겠죠. 아키코의 싸구려 원단을 쓴 화려한 원피스나 네 와이셔츠, 할머니의 베이지색 얇은 브래지어를 분류하며 빨랫줄에 너는 모습을, 딱히 할 일이 없는 아빠가 청바지 주머니에 엄지손가락을 찔러 넣고 몸을 느리게 흔들며 지켜보았는데, 조금이라도 신경을 쓰면 아빠를 불쌍하게 여기고 말 테니까, 내 사람에 포함해버릴지도 모르니까 우짱은 "할머니는 히노하라에 갔어"라고 내뱉고 다시 오라거나 말을 전해주겠다는 소리는 하지 않았어요. 할머니는 옷가게 '히노하라' 주인인 옛 동창생과 수다를 떨러 그곳에 가곤 합니다.

"엄마처럼 집안 살림도 챙길 줄 아네, 어이, 너도 드디어 남자가 생겼냐. 그런 걸 널게."

우짱이 쭈글쭈글한 파란 트렁크를 빨래 바구니에서

줍는 걸 보고 아빠가 농담했습니다. 그 음성에서 알랑거리는 의도를 느끼면서, 할 말이 없으면 분위기를 띄우려고 하는 바로 그런 말이 기분 나쁘다고 생각했어요. 수학여행을 앞두고 조를 나누는 뽑기를 했을 때, 같은 조가된 우짱에게 들릴 만큼 큰 소리로 꽝이라고 말하거나, 여자 선생님들을 성적인 대상으로 볼 수 있다느니 불가능하다느니 이야기를 나누는 남학생들에게 느끼는 감정과 같습니다. 그런 말을 듣는 순간, 안됐다고 동정할 새도 없이 친근했던 선생님들 얼굴이 머릿속에서 갑자기 다른 얼굴로 바뀌어버린 기억이 있어요. 아무리 지적이고 스스로 독립한 여자라도 겨우 한마디로 얼빠진 음담패설에 휩쓸리는 게 얼마나 분한지 니는 알까요.

"할아버지 거야"라고 대꾸하는 우짱의 말에 겹쳐 아빠가 "이거 또 제법 야한 원피스를 입네"라며 이미 널어둔 아키코의 빨간 원피스를 장난치듯이 뒤집으며 웃고, 웃느라 아랫눈꺼풀이 끌려 올라간 눈이 순간적으로 우짱과 등이 벌어진 원피스를 오가서, 아빠가 머릿속으로 멋대로 내게 그 옷을 입힌 걸 알았습니다. 집에서 입는 넉넉하고 긴 바짓자락에서 튀어나온 맨발에 소름이 돋았고, 엄마는 아빠가 저런 눈으로 쳐다보는 게 싫지 않았을까 생각했어요.

폴로가 달려와 아빠를 쿵쿵 들이받고 장난감을 자랑하려는 듯이 소리를 냈습니다. 아빠는 폴로와 한동안 놀아주었는데, 우짱이 다시 빨래 널기에 집중하면서 끈이 늘어난 마스크나 손수건 같은 자잘한 물건을 되도록 느릿느릿 널자, 또 불편해졌는지 돌아가겠다고 했습니다.

고개를 들어 아빠가 손에 쥔 것을 알아본 순간 우짱은 아빠의 손에서 그걸 쳐냈습니다. 떨어진 걸 폴로가 먹기 전에 얼른 주워 뒷문에 걸어둔 쓰레기봉투에 쑤셔 넣었습니다.

"사람이 먹는 육포, 너무 짜. 함부로 주지 마."

웃는 척하던 아빠의 뺨이 굳더니 순식간에 산사태가 난 것처럼 무너졌습니다. 오른쪽 어깨가 재빠르게 앞으로 쏠리자, 우짱은 반사적으로 뺨 앞을 오른팔로 가리려고 했습니다.

순간적으로 얼버무리려는 미소를 지은 후에 곧바로 후

회했습니다. 한 박자 늦게, 때리고 싶으면 어디 때려보라고 생각했어요. 옆에서 보면 결국 둘 다 어깨를 움직인 정도로 비슷한 동작을 취했을 뿐이지만 니도 알겠죠, 그건 때리려는 인간과 맞지 않으려는 인간의 움직임입니다. 그때까지 큰소리쳤던 주제에 불현듯 내보이고 만 자신의 겁먹은 얼굴도, 순간 없었던 일처럼 지은 웃음도 지긋지긋할 정도로 상상할 수 있으니까, 참을 수 없이 비참해져서 어떤 표정을 지어야 할지 몰랐습니다. 관자놀이가 땀으로 번들거리는 아빠를 노려보듯 쳐다보자, 아빠는 먼저 시선을 피하고 "간다"라고 말했습니다.

달라붙어서 뼈 장난감을 삑삑 울리던 폴로를 상대하지 않고 턱을 앞으로 내밀고서 자동차 쪽으로 바쁘게 걸어가는 아빠를 우짱은 멍하니 배웅했습니다. 우사기라는 네 이름은 말이야, 아빠가 엉터리로 사투리를 흉내 내며 "토끼해에 태어났응께 우사기*면 된데이"라고 해서 지은 거야. 어린 시절 우짱을 안고 입버릇처럼 말하던 발그스

---

* 일본어로 '우사기(うさぎ)'는 토끼를 뜻한다.

름한 엄마의 얼굴이 떠올랐습니다.

 ……우짱은 밉습니다. 아빠 같은 남자도, 그를 받아들이고 만 여자도, 아기도 밉습니다. 그러므로 나 자신이 밉습니다. 내가 여자인 것, 아이를 배고 낳는 것이 당연시되는 이 정체 모를 성별을 가장 못 참겠어. 남자 때문에 일희일비하거나 울부짖는 그런 여자는 되기 싫어, 누군가의 아내도, 엄마도 되기 싫어. 여자로 태어난 이 울분을, 슬픔을 니는 몰라.

 주머니에 넣어둔 휴대폰이 삐로롱 울려서 우짱은 빨래 바구니에 남은 손수건 한 장을 내버려둔 채 지문으로 더러워진 화면 속으로 도망치듯 휴대폰을 들여다봤습니다. 아까 하던 이야기가 아직 이어지는 줄 알았는데 타임라인이 조금 차분해졌습니다. 할짝할짝 푸딩 님이 번호를 따였다고 자랑하거나 몇 명이랑 경험했는지 자랑하는 거 촌스러워라고 한 말에 아무 생각 없이 좋아요를 눌렀을 뿐입니다. 나는 아무 말도 안 했지만, 좋아요 수가 이 비공개 계정의 세상치고는 제법 많게 열 개나 모였고 실제로 허공 저격으로 찬동하는 아이도 나타났습니다.

글쎄, 뭘 하든 별로 상관없고, 나이에 따라서는 하는 게 당연하겠지만 그런 얘길 막 하면 너무 좀 적나라하잖아?

산딸기 님의 말에 우쨩은 또 아무 말 없이 좋아요를 눌렀습니다. 몇 시간 후에 할짝할짝 푸딩 님과 산딸기 님의 글을 보고 미도리 님이 두 사람을 차단했다는 것을 알았습니다. 양쪽에게서 차단당하지 않은 우쨩의 타임라인에는 동시에 양쪽의 글이 올라왔습니다. 미도리 님의 공격적이던 문장이 차츰차츰 힘을 잃더니, 특유의 날카롭고 자신만만했던 말투가 하지만 어쩔 수 없잖아 쓸쓸하단 말이야 위로도 안 될 거 알고는 있어 하는 글로 바뀌었습니다. 다들 반응하기 곤란한지 좋아요의 양도 줄어들었을 시점에, 유품이니 옛날 앨범이니 하는 글이 드문드문 보이더니, 잠시 후 오늘 엄마 기일, 성묘 다녀와야지라는 글이 결정적이었습니다.

'찬물을 끼얹었다'는 말은 SNS상에서도 해당됩니다. 오히려 언제나 강처럼 흘러가는 것이니까 실제 현실보다도 이 표현이 더 잘 들어맞을 수 있죠. 그때까지 피부 상태나 회사 상사, 새로운 취미 때문에 알게 된 댄서, 반려동

물에 관한 이야기를 각자 내키는 대로 말하던 팔로워들이 순식간에 조용해지더니 머뭇거리는 티를 내며 미도리 님의 글에 좋아요를 누르기 시작했습니다. 그런 상황을 알 턱이 없는 할짝할짝 푸딩 님과 산딸기 님은 저렴한 오일 틴트 이야기로 신이 났는데, 그들이 오히려 '분위기 파악 못 하는 사람'처럼 보이니 아이러니하죠.

미도리 님의 발언을 보고 우짱의 마음을 지배한 것은 얼룩 한 점 없는 질투였습니다. 불행을 견디려면 주위 사람들보다 자기가 훨씬 불행하다는 착각 속에 빠져야만 하는데, 그 비극을 빼앗기면 어찌할 방법이 없어요. 우짱의 상황이 아무리 심각해도 '살아 있기만 해도 다행'이라는 한마디로 요약됩니다. 실제 그 말대로 '살아 있기만 해도 다행'일 수도 있겠지만요.

아키코의 눈빛이 강한 이유는 자기가 가장 불행하다고 믿기 때문입니다. 어려서 유코 이모를 잃고, 아빠인 고지 이모부도 혼자 미국에서 일하고, 너무 못된 소리지만 '자기를 귀여워해주는 할머니와 할아버지'도 치매기가 있고요, 이제 앞으로 십 년 안에 천애 고아 신세가 되면 완벽하겠거니 싶어요. 아키코의 눈에는 무너져가는 우리 엄마와 우리 가정 따위는 전혀 보이지 않을 거예요. 자기 자신이 불의의 사고로 먼저 죽지 않는 한 부모의 죽음은 언젠가 누구나 경험하는 일이지만, 40대 인간이 70대 부모를 잃었다고 동정해주지는 않아요, 불합리하지 않니? 엄마는 언제 할아버지와 할머니를 한꺼번에 잃을지 모르는데 불쌍하지 않아?

자기 처지보다는 낫다고 주변을 일축해버리는 아키코의 아름다운 외까풀 속 눈동자는, 우연하게도 오늘 아침에 열차에서 본 아기의, 자신을 낳은 엄마를 믿는 새까맣고 차가운 눈동자와 같았습니다. 불행을 믿는 눈, 행복을 믿는 눈, 어떤 것이든 좋아요, 아무튼 마음에서 우러나오는 신앙을 지닌 눈을 우짱은 부러워하고 또 곡해했습니다.

우짱이 엄마에게 품은 신앙은 그저 사라지고만 있어요. 대학 입시에 실패한 우짱은 엄마의 어리광을 거절하기 시작했습니다. 그러자 엄마는 덩달아 우짱을 멀리하고, 언제나 무관심한 태도를 보이는 니에게 어리광을 부리게 됐습니다.

한번은 병실에서 엄마가 "한방약"이라고 중얼거린 적이 있어요. 니도 알겠지만, 엄마는 한방약을 신봉하는 면이 있어서 예전부터 당근이나 메뚜기 말린 것이 부엌의 얇은 커튼 그림자 아래에 매달려 있곤 했습니다. 그걸 갈아서 약을 만들다니 믿을 수 없지만, 확실히 처방받은 한방약이 효과가 있을 때도 있으니 뭐 괜찮겠죠. 문제는 엄마의 말투였습니다. 엄마는 병원에서 주는 약에 일일이 트집을 잡았어요. 그리고 그 이야기만 몇 분씩 해댑니다. 문병하러 가면 항상 한방약 논의가 시작됩니다.

"우짱한테 맞는 한방약은 자신 있는데, 엄마 생각에 밋군한테 맞는 한방약은 타입이 다른 것 같아."

새가 멀리서 지저귑니다. 모습이 안 보이지만, 엄마의 연한 멜론 소다 같은 색깔의 병원복을 보니 상상 속 새의 색깔이 연녹색이 됐어요. 병원 식사로 나온 흰살생선을 엄마가 못 먹겠다면서 내밀자 니가 묵묵히 발라 먹었습니다.

"밋군도 한방약 먹어야 해, 오늘."

니는 "응 고마워"라고 대답했습니다. 자각하지 못할 텐데, 니는 버릇이 있어요. 고맙다고 말하지 않고 왠지 모르게 무기력한 목소리로 앞에 '응'이 붙습니다. 엄마가 탄식하며 젓가락 끝을 두 번 비비듯이 힘주어 문질렀습니다. 하얀 감자가 후드득 무너졌습니다.

"밋군, 고기 감자조림 먹을래?"

"됐어."

"왜."

"응, 왜냐니."

"뭐 필요 없으면 됐지만."

엄마가 토라진 듯이 말하고 이번에는 우짱에게 시선을 돌렸습니다. 밝은 갈색이 섞여 홍채가 유독 환한 눈동자색과 반대로 엄마의 목소리는 쌀쌀맞았습니다. "너는" 하고 우짱을 불렀습니다.

"반하후박탕*, 너는 반하후박탕이 잘 맞을 거야. 사람에 따라 다르거든, 맞는 한방약이. 뭔가 성, 성이라는 게

---

* 반하, 후박, 백봉령, 생강, 차조기로 만드는 약. 구토, 딸꾹질, 복부 팽만 등의 증상에 처방한다.

있는데 성질이 서로 맞는 상성이라고 할 때 그 성이겠지.
우짱과 아빠는 그게 가까워. 엄마는 밋군과 비슷하지?"

우짱이 부정하기도 전에 니는 흰살생선을 찌르며 "몰
라"라고 중얼거렸습니다. 목소리가 쉬었어요. 조금 통쾌
했으나 여전히 불쾌한 기분이 가시지 않았습니다. 친척이
나 부모 자식 사이에서 성격이나 얼굴이 닮았느니 안 닮
았느니 말할 때, 사실은 정말로 닮았는지 아닌지는 아무
래도 상관없고 자신을 정당화하고 싶어서 종종 그런 이
야기를 꺼내죠. 우짱이 입학시험을 치러 비교적 유명하
고 공부도 잘한다는 중학교에 들어갔을 때, 할머니는 심
심하면 "우짱은 나를 닮았어"라고 말했습니다. 그러니까
엄마의 '맞는 한방약 이야기'는 우짱과 아빠, 니와 엄마라
는 그 경계를 명확하게 하는 것이 목적이었어요. 니가 가
볍게 흘려넘기자 엄마가 "잘은 모르지만" 하고 작게 중얼
거리더니, 다시 "내 멋대로 생각할 뿐이지만" 하고 목소리
를 높였습니다.

"우짱과 아빠는 가까울지 몰라도 밋군과 엄마는 전혀
다르다고 생각하는데."

우짱이 심술궂게 공격을 시도했습니다. 엄마는 발끈했고, 니는 이미 젓가락을 내려놓고 휴대폰 화면을 보고 있었어요, 전혀 관계없다는 표정으로 화면의 빛을 무표정하게 받고 있었어요.

"그럴지도 모르지만 가까운 점은 있어, 뭐, 가까운 부분도 있다고 말하는 게 제일 좋겠지만. 그러니까 아빠나 우짱보다도 엄마 쪽이 더 가깝다고 생각했을 뿐이야. 그렇지, 밋군은 우수한데 그래, 분하겠지, 분한 거야, 남동생한테 져서 누나로서 분하실 거야, 아주 거만하신 재수생님, 공부도 전혀 안 하는 주제에 자존심이 말이지, 어찌나 거만하신지, 이 거짓말쟁이야, 재수생 주제에."

의미도 안 통하는 엄마의 발언이 병실에 울렸습니다. 니는 그만하라고 딱 한마디만 했습니다. 우짱은 폭언을 퍼붓는 대신 SNS에 문병하러 왔더니 재수생이란 이유로 엄마한테 마구 공격받고 있어, 주위에 다른 사람도 있는데 대체 뭐야 쪽팔려라고 적었습니다. 하얀 형광등 아래에서 모두가 고개를 숙이고 있었고, 엄마의 젓가락 소리만 울렸습니다. 오이장아찌를 푹 찔러 아작아작 소리를 내며 씹었습니다. 하얀 병실이었어요, 시간이 굉장히 오래 흐른 것 같았습니다.

"있지, 부모 자식은 좀 신기하지."

엄마가 갑자기 여주인공 같은 말투로 생글거리며 아까 매점에서 산 뜨거운 우유를 오이장아찌가 남아 있는 접시에 따르고, 위에 생긴 쭈글쭈글하고 반투명한 막을 숟가락으로 떠서 흐트러뜨렸습니다. 우짱은 먹지도 않았는데 푸릇한 오이 냄새와 우유 비린내의 느글느글함이 혀 위에서 섞인 기분이 들어 괴로워졌습니다. 다시 연녹색 새가 울었고, 우짱은 그제야 모른다고 중얼거리며 병실에서 나왔습니다. 엄마가 난동을 부릴 때보다 이상하게 더 화가 났습니다.

자살의 위험성이 두드러지게 보이지는 않는다는 이유로 엄마는 몇 달 후에 퇴원했는데요, 얼마 지나지 않아 배가 아프다고 하기 시작했어요. 또 평소처럼 요란을 떤다고 생각해 집안사람들은 무시했지만, 어느 날 사형 선고라도 받은 창백한 표정으로 가족 모두를 불러 "엄마 배에 종양이 생겨서 자궁 적출 수술을 받아야 한대"라고 말했습니다. 얼굴빛은 안 좋았는데, 어딘지 의기양양한 표정이었어요.

"엄마, 너무 괴로워서. 무지무지 괴로웠는데. 계속 참았지만 이제 한계야, 더는 못 참겠어, 괴로워서, 죽고 싶어."

기분이 고양돼 자기가 한 말에 끌려가 우는 엄마, 평소와 완벽하게 똑같은 울음이 지긋지긋했습니다. 왜 이 사람은 아빠 때문에 괴로운 게 자기뿐이라고 생각할까요. 우짱은 흔히 듣는 폭력남과 헤어지지 못하는 여자를 두고 딱히 이상하다고 생각하지 않아요. 그렇지만, 그대로 결혼까지 끌고 가서 아기를 낳는 것은 도저히 이해하지 못합니다. 엄마가 나잇값도 못 하고 약을 대량으로 먹고서 토하거나 식칼을 벽에 찌르거나 알레르기가 있는 땅콩을 먹으려 할 때마다 왜 이렇게까지 괴로워하면서 아기를 낳기 전에 헤어지지 않았는지, 왜 이 사람은 죽고 싶다고 죽고 싶다고 말하면서 죽지 않는지 원망했어요, 엄마가 죽겠다고 떠들어댈 때마다 우짱에게도 그런 감정이 옮아요, 그게 너무 괴로워서. 줄곧 참았지만 괴롭단 말이야. 우짱의 피부 아래에 꽉 찬 육체가 외칩니다. 죽고 싶어.

73

시끄럽긴, 바로 그때 할머니가 말했습니다. 이웃을 신경 쓰는지 거실 창문을 닫고 침실에 틀어박혔습니다. 그걸 끝으로 할머니는 나오지 않았습니다.

엄마는 멍하니 입을 벌렸습니다. 남에게 일부러 들려주는 듯한 어리광 섞인 울음소리는 단숨에 물러나고, 무서운 것을 앞에 두고 뒷걸음질 치는 아기처럼 밋밋한 무표정으로 새빨개진 코를 벌름거렸습니다. 그러더니 입을 다물고 화난 것처럼 뺨이 굳고 쓰읍쓰읍 코로 가쁜 숨을 들이마셨습니다. 우짱의 가슴도 쓰읍쓰읍 숨이 막혔습니다.

우짱은 억지로 들어온 공기를 내뱉지 못해 터질 듯한 가슴을 안고 일어났습니다. 애정을 가지고 있으면 그만큼 증오로 바뀌니까 가엽다고 생각하면 안 됩니다.

수술이 정해진 후에도 엄마는 여전히 매일 밤 술을 마시고는 죽고 싶다고 외쳐댔습니다. 그러는 한편 이상하게 잔뜩 들떠서 우짱이 하던 집안일에 트집을 잡으며 자기가 하고, 한밤중에 폴로와 산책하러 나가기도 했습니다. 일까지 늘려서 자기 스스로 바쁘게 몰아가더니 이제 한

계라며 우짱을 자해에 썼습니다. 아키코는 대부분 집에 없고, 할아버지도 할머니도 어처구니없어할 뿐이고, 니는 평소랑 똑같으니까 상대하는 사람은 우짱뿐이었습니다. 우짱이 위로하고 달래고 싸우다가 결국 엉망진창이 된 상태로 계단을 쾅쾅 소리 내며 올라갑니다. 계단 끝 빨래 너는 용도로 쓰는 베란다 문이 열려 있어서 밖에서 가랑비가 들이쳤습니다. 도톰한 털양말을 신은 발로 물을 닦고, 베란다 문을 닫고서 잠금장치를 돌렸습니다. 먼지투성이 침대에 얼굴을 파묻고 SNS에 불평을 퍼부으려는데, 나보다 먼저 온 손님이 있었습니다. 미도리 님이 제정신이 아닙니다.

엄마랑 극단 공연 보러 다니던 게 그리워서 눈물 나

이해하는 척 위로하는 거 진짜 싫어

약 우적우적

옆자리 선배 어찌나 소중하게 자라셨는지, 죽고 싶다고 했더니 이 세상에는 수많은 불쌍한 아이들이 어쩌고 하는데, 현실에서 그런 소리를 하는 인간이 진짜 있네

결국 몸이 목적이지

섹스로 외로움을 채울 수밖에 없다니 진짜 웃겨

사이타마에 러브호텔밖에 없어서 폭소

타임라인을 뒤덮으려는 듯이 몇 건이고 몇 건이고 글을 올립니다. 다들 뭐라고 말할 수 없어서 역시 좋아요 숫자만 늘어납니다.

베란다 문을 닫았는데 왜 추운가 했더니 살짝 열려 있던 내 방 창문으로 찬바람이 가랑비와 함께 들이쳤어요. 귀는 차가운데 몸은 뜨겁고 머리도 뜨겁고 창자가 들끓어 아파도 너무 아파 미칠 것 같아서, 우짱은 될 대로 되라 싶어 엄마한테 병이 발견되어 수술할 예정인데 생각보다 위험한가 봐라고 적었습니다.

살 수 있을지 잘 모르나 봐

어쩌지

미도리 님의 글이 뚝 멈췄습니다. 사실은 생명의 위험 따위 거의 없는 수술입니다. 그래도 우짱은 그때 처음으로 그걸 상상했어요. 엄마가 사라진 세계를 상상하고 토할 것 같았습니다. 딱히 거짓말을 한 건 아니에요. 타임라인은 조용해졌고, 손가락만 슬몃슬몃 움직였습니다. 돌이킬 수 없는 말을 한다는 생각에 뒷덜미가 싸늘하게 식고 가슴이 막힌 듯이 답답했지만, 아무튼 우짱은 문장으로 외쳤습니다. 그렇게 내뱉어버린 후에 그런 일을 저질렀다는 섬뜩함이 몸의 체온을 전부 빼앗아간 듯했어요. 그런데 써버린 말을 눈으로 더듬고 마음속으로 반추하다보니, 왠지 그 말의 주인인 '라비'가 정말로 존재하고 그게 진정한 나라는 생각이 들었습니다. 위험한 수술이어서 살아남을 수 있을지 모르겠다고 생각했더니 최근 들어 계속 잃기만 했던 엄마에 대한 연민이 간신히 샘솟았습니다.

엄마와 아빠를 맺어준 건 우짱이라는 생각이 갑자기 들었어요. 태어난다는 것은, 피에 젖은 한 여자의 다리 사이에서 태어난다는 것은, 한 처녀를 해치는 일이었습니다. 엄마를 되돌아가지 못하게끔 만든 것은 아빠도, 아빠 이전에 있는지 없는지도 모를 전 남자친구들도 아니고 사실은 나입니다. 엄마를 이상하게 만든 것은 제일 먼저 태어난 딸인 우짱이었습니다.

'이즈 어쩌고저쩌고' 하는 역명 안내 방송이 들려 우짱은 감았던 눈을 떴습니다. 이즈라면 시즈오카의 이즈반도인데요, 벌써 아이치 혹은 미에 근처까지 왔을 텐데 뭔가 심각한 실수를 저질렀나 싶어 불안해졌습니다. 그러나 '이세나카가와*'를 잘못 들은 거였어요. 이미 아이치현 나고야에서 봤던 빌딩 같은 건물은 없고 지붕이 야트막한 집만 있어서, 실례일지 모르지만 쇠퇴했다는 표현이 어울린다고 생각했습니다. 오후의 연노랑 빛이 집들을 뒤덮어 열차를 타고 지나갈 때마다 처마나 빛바랜 간판과 전봇대 따위가 은빛으로 반짝였습니다. 밀실인 전철 안으로는 바람이 불지 않지만, 아마도 미지근하고 머리를 어지럽게 만드는 흙먼지나 꽃가루 뒤섞인 그리운 냄새를 풍기는 바람이 불고 있겠다고, 나붓나붓 흔들리는 빨래

---

* 미에현의 철도역. 우짱의 집 요코하마에서 미에현 구마노시로 가는 길에 시즈오카현, 아이치현을 차례로 거친다.

를 바라보며 생각했어요. 몇 장이나 널린 축축해 보이는 이불이나 캐릭터가 그려진 티셔츠나 아무렇게나 나부끼는 속옷들, 페인트칠이 벗겨진 초등학교와 미용실과 맨션의 간판, 거무튀튀한 붉은 표식 옆에 세워진 바구니 자전거의 아기를 태우는 뒷자리에 쌓아놓은 채소, 하얀 트럭에 동여매어 놓은 옆으로 튀어나온 사다리, 맨션에 걸어두었던 문패의 흔적, 빽빽하게 이어지는 개성 없는 우편함, 이 모든 것이 정확하게 의식되지 못하고 눈앞에서 흘러가는 광경을 바라보니, 분명 몰랐던 거리가 어딘가 익숙한 기분이 들어 호흡이 벅찼습니다.

마치 뒤에 남겨진 동네처럼 느껴졌습니다. 저 집들 하나하나에 거주하는 인간의 생활이나 표정이 행복하고 쾌활하리라는 생각은 들지 않아서, 그럴 리 없겠지만 마을 전체에 고독이 퍼진 것 같았어요. 어슴푸레한 조명 아래에서는 미인인데 밖에 나오자마자 여드름과 기미가 눈에 띄는 술집 주인, 그녀가 가게 뒤에서 몰래 키우는 영양실조처럼 보이는 개, 슈퍼 매장과 주차장을 연결하는 계단참의 의자에 앉아, 한 봉지에 여섯 개가 든 싸구려 초코

빵을 누가 쫓아오기라도 하듯 먹어치우는 아저씨, 학교에 안 가고 낮부터 편의점 취식 코너에서 휴대폰을 들여다보는 돈 많은 학생, 드러그스토어의 견본품을 닥치는 대로 쥐어 화려하게 화장하고 불륜을 저지르러 가는 여자, 아내를 먼저 떠나보낸 뒤 집에서 무음으로 해둔 바둑 방송을 자막으로 보는 노인, 종횡무진 전봇대에 묶여 있는 거리. 그 속에 수십 년쯤 후를 살아가는 미래의 엄마가 있는 것 같았어요.

온 마을 인간들의 절망이 누리끼리한 바람에 희롱당하면서 우짱을 파도처럼 넉넉하게 감싸고 있습니다. 왜일까, 싶었습니다. 신에게 가까운 곳이라면서 왜 이렇게 쓸쓸한지 이상했습니다.

"엄마르을 좋아해?"

갑자기 머릿속에 목소리가 울렸습니다. 예전부터 엄마는 그렇게 물었습니다. '를'을 '르을'로 발음하는 것은 유난히 칭얼거릴 때입니다.

우짱은 보고 싶지 않습니다. 늙은 엄마라니요, 늙어서 할아버지도 할머니도 폴로도 죽은 지 오랜 세월, 니는 가정을 꾸리고 우짱도 일하려고 독립했는데, 오도카니 혼자 남아 손가락에 침을 묻혀 재봉 잡지를 넘기며 아무도 입을 예정 없는 원피스에 드르륵드르륵 재봉질하는 엄마는 보고 싶지 않습니다. 머지않아 쓰러져 하얀 병실에서 코에 튜브를 달고 눈물 자국을 말리면서 억지로 연명하는 엄마를 보고 싶지 않습니다. 그러느니 어린 시절에, 아직 엄마가 다정하고 엄격했던 시절에, 신이었던 그대로 죽길 바랐습니다. 그렇게 바라며 부모를 돌본 끝에 같이 죽음을 택한 인간이 이 나라에는 얼마나 많을까요.

허리에 찌릿찌릿 전류가 흘렀습니다. 눈앞에 펼쳐진 경치를 보며 해가 쑥쑥 지는 것을 알았어요. 있지, 이렇게 말하면 천벌을 받을지도 모르지만, 어쩌면 여기에는 이미 신도 부처도 없을지도 모르겠어. 신이 있었다면 이렇게 쓸쓸하지 않을 테니까.

내릴 역에 도착하자, 저녁놀에 달궈진 싸늘한 바람이 목덜미 부근을 사르르 스쳐 지나갔습니다. 매직 스트레이트를 해서 똑바로 편 머리카락도 이렇게 땀에 젖으면 귀밑머리 쪽부터 곱슬기가 나와요. 동글동글 말린 머리카락을 손가락으로 꼬았다가 쭉쭉 늘리며 갈아탈 열차가 올 때까지 시간을 보냈습니다. 구름이 빠르게 지나가며 갑작스럽게 빛을 흩뿌렸다가 다시 그늘이 지기를 반복했습니다.

열차를 잠깐 타고 가서 다키역에서 한 번 더 갈아타면, 그 뒤로는 세 시간 이상 쭉 기다리기만 하면 됩니다. 책을 읽고 잠깐 졸다가 지금 내가 어디쯤 있는지 일단 확인해 두려고 지도 앱을 켰는데 열리지가 않았습니다. 앱뿐만이 아니에요, 계속 열어둔 브라우저의 노선 정보 탭이 꼼짝 안 해서 살펴보니 통화권 이탈 표시가 떠 있었습니다. 아까 캡처를 해둬서 통신이 안 터져도 정보는 알 수 있었지만, 그래도 오싹한 공포가 등줄기를 지났습니다.

현대 괴담을 구성하는 요소 중 하나로 '통화권 이탈'이 있습니다. 졸다가 깼더니 차장은 없고 도무지 멈추지 않는 열차에 타고 있다, 장소를 확인하려고 해도 통화권 이탈이다. 설산의 오두막집에서 조난해 심령현상에 휘말렸는데 통화권 이탈이라 연락을 할 수 없다. 열차는 이미 안전지역이 아닙니다. 예전에 열몇 시간이나 비행기를 타고 갔던 유럽 나라들보다도 훨씬 먼 곳에 와버린 느낌이었어요.

산속에 가면 당연히 통화권 이탈인 지역도 있으려니 예상했지만, 설마 이런 곳에서 제한되리라고 상상 못 한 우짱은 문득 불안해졌습니다. 열차 안에서 보이는 집들의 높이가 별안간 낮아졌고 민가가 늘었습니다. 지금까지는 얇은 종이가 포개어진 것 같았던 산 그림자가 갑자기 질량을 얻은 풍경으로 변했습니다. 위압해옵니다. 시든 담쟁이덩굴이 감긴 건물이 몇 채나 보입니다. 시민회관이라는 글자만 간신히 읽을 수 있는 건물에는 혈흔 같은 적갈색 선이 세로로 몇 줄이나 얼룩져서 폐허나 마찬가지로 보였습니다. 아주 어렸을 적, 한밤중에 화장실에 가려고 일어나, 검게 번들거리는 복도에서 냉장고 소리만 윙윙 울리는 거실까지 달음박질쳐 지나던 때의 그 원시적인 공포가 되살아나 이상하게 그리운 기분이 들기도 했어요. 산 중턱에 나무 몇 그루가 기울어진 상태로 멈춰 있어 산 표면이 고스란히 보였어요, 군데군데 파란 시트를 씌워놓았고 기중기와 원래는 하얬을 녹슨 박스 카와 산속의 작은, 정말 오두막집이라고 해야 할 함석지붕을 인

집이 있네요.

지금까지는 사람이 있어 안심이었는데, 기이나가시마 역에서 모두 내렸을 때는 우쨩도 이를 어쩌나 싶었어요. 2량 편성인데 완전히 무인 열차라면 더 무서워서 옆 차량을 살펴볼 용기조차 안 났습니다. 몇 명이 타고 내리기를 반복할 때마다 어두워지더니 더 이상 경치도 보이지 않게 됐어요. 그런데 점점 공포가 반, 흥분이 반으로 묘하게 들뜨기 시작하니까 신기합니다. 여기라면 어쩌면, 하고 생각했습니다. 사람에게 공포를 품게 해 압도하는 이런 땅이라면 신이 있지 않을까. 이국(異國)이란 본디 오래 머무르면 사라지는 가상의 장소입니다. 자신이 태어나서 살아버리면 이국이 될 수 없어요. 기억과 상상의 경계에만 존재하는 장소, 절대 정착할 일 없을 장소이기에 이곳을 여행지로 결정했습니다.

구마노 고도의 세 신사 중 나치다이샤에는 이자나미*가 있다고 합니다. 우쨩은 이 나라를 낳은 어머니인 이자

---

* 일본 신화에서 오빠인 이자나기와 부부의 연을 맺어 세상을 창조한 모신(母神).

나미를 만나고 싶었어요.

우리가 기도를 올리는 신이 인간과 똑같은 존재여서는 안 되는 것처럼, 신이 머무는 곳도 인간이 쉽게 닿을 수 없는 곳이어야 합니다. 신이나 부처에게 손바닥에 물갈퀴가 생겼다거나 죽은 후 부활했다는 신화가 전해 내려오는 것은, 평범한 보통 사람이라면 믿음의 대상이 될 수 없기 때문이겠죠. 신흥종교에서도 몸을 공중에 띄운다느니 하는 말을 듣는데, 왜 그런 행위 예술이 필요하냐면 '기적'을 일으키지 못하면 초인으로 여겨지지 못하기 때문입니다. 인간의 육체는 압도적인 기원(祈願)의 공격을 견디지 못해요. 유일하고 절대적인 신을 갖지 못한 사람들은 제각각 기원할 대상을 인간에게서 찾습니다. 되먹지 못한 그 신들은 미성년자에게 술을 먹여 성폭행을 저지르고, 약물 문제로 붙잡혀 사진이 유난히 못 찍힌 얼굴로 인터넷 뉴스에 실립니다. 아이들의 신은 아이들이 성장함에 따라 잔소리를 퍼붓고 때리고 미치고, 그러다가 곧 늙어서 쓸쓸함을 남기고 가버립니다. 우짱의 신은, 신이었던 엄마는 우짱을 낳아 신이 아니게 됐어요. 애초에 신이 아니었던 겁니다.

줄곧 해왔던 생각인데요. 인간이 신앙을 버리는 일은 종종 있죠, 그래도 신앙을 되찾는 일이 가능할까요. 무언가를 다시 믿고 받들 수 있을까요.

우짱이 이런 생각을 하기 시작한 건 엄마의 수술 날짜가 점점 다가올 무렵이었어요. 엄마가 의욕이 넘쳐서 밥을 차리던 시기였습니다. 할머니, 할아버지, 엄마, 아키코, 니, 우짱, 오랜만에 모두가 모였고, 틀어놓은 텔레비전에서 오오오 하고 방청객들의 웅얼거리는 소리가 들렸습니다. 식기가 달그락거리는 소리, 오래 써서 부드러워진 반찬 통을 여는 소리가 들렸습니다. 차게 식은 곤약 조림에 젓가락을 꽂으려는데 미끄덩하고 도망쳐서, 접시에서 튀어나가 식탁 위를 구른 곤약을 우짱이 손으로 집어 먹었는데 아무도 뭐라고 하지 않았습니다.

젓가락으로 야키소바 몇 가닥을 장난치듯이 들어 올렸다가 내리던 할머니가 갑자기 멈추더니 물었습니다.

"가쓰오부시는 왜 춤을 출까?"

어젯밤부터 줄곧 내린 비 때문에 고요하고 차가운 도로를 오토바이 한 대가 으르렁거리며 지나갔습니다.

이 집이 도롯가에 면했기 때문인지 단순히 아까 지나간 오토바이의 운전이 거칠어서인지, 그도 아니면 겨울밤의 맑은 공기가 일상의 소리를 명료하게 하는 건지도 모르겠어요. 낡아서 잘 맞물리지 않는 불투명유리창이나 비가 새는 녹슨 지붕이나 얇은 벽, 수분을 머금어 거무스름해진 복도의 나뭇결 틈새, 집의 그런 구석구석에서 겨울이 묻어나오는 것 같았습니다. 노인 특유의 무표정한 얼굴을 힐끔 보니, 별나게 생기 넘치는 피부 위에 나이에 어울리는 기미가 자리 잡았는데, 실수로 물에 떨어뜨린 기름처럼 무료해 보였습니다.

부엌에 서 있던 엄마에게는 잘 들리지 않았는지, 수도꼭지 물을 잠그고 "어?" 하고 되물었습니다. 엄마 머리 바로 위에 환풍기가 있어서 잘 안 들렸을 거라고 생각하며 할머니가 대답하기를 기다렸는데, 결국 아무 대답이 없어서 우짱이 대신 "가쓰오부시"라고 말했습니다.

"가쓰오부시. 왜 춤추느냐고."

"아아."

환풍기에 지지 않으려는 거겠죠, 엄마는 일단 알아들었다는 듯이 큰 소리를 냈지만 잠시 후 기운을 조금 잃고 "왜 그럴까?" 하고 혼잣말했습니다. 좋아하는 야키소바를 말없이 먹던 니가 뭐라고 말하려고 고개를 들었지만, 그러는 바람에 턱에 붙었던 고기 부스러기가 옻칠한 테이블에 떨어져서 얼른 어깨를 움츠리고 고개를 숙였습니다. 꼭 훔쳐 먹는 것처럼 손으로 주운 고기 부스러기를 잽싸게 입에 넣었습니다. 아키코는 두세 입 깨작거리더니 납작한 배부터 하반신을 고타쓰에 넣고서, 벽에 등을 기대고 휴대폰을 보고 있었습니다. 이 식탁에서, 얼굴이 창백한 아키코만이 눈화장까지 철저하게 했습니다. 혈관이 퍼렇게 비쳐 보이는 얇은 눈꺼풀 아래에서 안구가 움직일 때마다 거칠거칠한 반짝이가 은백색으로 반사되었습니다. 그걸로 가쓰오부시 이야기는 끝이 난 듯했고, 잠시 후 할머니가 생각났다는 듯이 니에게 물었습니다.

"자네는 일은 순조로운가?"

놀라서 눈을 크게 뜬 니보다 먼저 우짱이 "뭐야" 하고 끼어들었습니다.

"밋군은 일 안 해요. 아직 고1이잖아."

"오호라, 고등학생."

바닥 한 장을 사이에 두고 아스팔트의 차가움을 느꼈습니다. 할머니가 식탁에 젓가락을 덜그럭거리는 소리가 다시 들리기 시작하자, 그때까지 입 다물고 휴대폰을 보고 있던 아키코가 시끄럽다는 듯이 몸을 일으키더니 할머니보다 큰 소리를 내며 야키소바가 담긴 넙적한 접시와 된장국 그릇을 낮은 옻칠 테이블의 중심으로 밀었습니다. 거의 손을 대지 않았으나, 위에서 흔들거렸을 가쓰오부시는 시들시들했어요.

"잘 먹었어요. 먹고 싶은 사람 먹어."

"그럼 나 먹어도 돼?"

니가 손을 뻗었어요.

"살쩐다."

아키코는 그렇게 무뚝뚝한 말투를 쓰기도 하는데, 먹으려는 니를 딱히 거부하는 태도는 아니었어요.

"더 안 먹니? 잘 챙겨 먹어야지, 아키코는 안 그래도 너무 말랐는데."

엄마가 고개를 내밀었습니다.

"이상하게 면이 고무 같아서요, 이모 야키소바는."

"태풍 5호라는 거 말이야, 그건 큰 건가 작은 건가."

야키소바를 입에 넣으며 말하느라 할머니 입에서 면이
수염처럼 늘어졌습니다. 왜 지금 시기에 태풍 이야기를
하나 싶었지만, "아니에요, 할머니. 5호는 크기가 아니라
오는 순서. 1월부터 셈해서 가장 빠른 태풍이 1호, 두 번
째가 2호"라고 가르쳐주자 할머니가 "오호라" 하고 입술
을 떨었어요. 아키코가 "편의점 다녀올게요" 하고 빠르게
말했습니다. 그러더니 별안간 "일정하지 않아서 그렇대"
라고 말하며 돌아봤습니다.

"가쓰오부시. 경도가 일정하지 않으니까 붙는 정도에
차이가 생겨서 흐느적흐느적 춤추는 거래."

이거 보라면서 오른쪽 위 모서리 부근 액정에 금이 간
휴대폰을 보여주자, 최근 탁해지기 시작해 회색 빛이 도
는 파란 얼룩이 진 할머니의 눈이 아키코를 향했습니다.

"아키코는 아는 게 많구나."

아키코는 웬만해서 보여주지 않는 덧니를 내보이며 미소 비슷하게 살며시 웃고는, 휴대폰에서 늘어진 이어폰을 양쪽 귀에 꽂았습니다. 분홍색 코트를 걸치고 나갔어요. 현관이 닫히는 소리가 들리고, 젓가락으로 가쓰오부시를 비틀어 넣고 면과 섞어서 아키코가 고무 같다고 표현한 야키소바를 씹었더니, 아키코의 접시에서 덜어 먹은 것도 아닌데 우짱은 남은 음식을 먹어치우는 기분이 들었습니다. 할머니는 아키코의 이름은 몇 번이나 부르지만, 우짱이나 니의 이름은 절대로 옛날처럼 부르지 않아요. 어쩌면 이미 기억하지 못할지도요.

"자네, 일은 순조롭고?"

할머니가 또 물었습니다.

"응 아니, 고등학생."

이번에는 니가 대답했습니다. 할머니는 니가 먹으려고 했던 아키코의 접시 가장자리에 검지를 걸고 질질 끌어당겨, 아직 다 먹지 않은 자기 접시는 거들떠보지도 않고 거기에 젓가락을 댔습니다. 묵묵히 말라비틀어진 야키소바를 다 먹고, 접시와 젓가락을 정리하고 일어났습니다.

"고마워키도키."

엄마가 밝게 말하며 빈 컵과 조미료를 들고 부엌으로 가려던 그때였습니다. 씹지도 않고 목에 야키소바를 쑤셔 넣은 할머니의 불분명한 목소리가 식탁에 울렸습니다.

"자네들은 언제부터 여기서 일한 게야?"

할머니의 입에서 양배추와 엄마가 직접 채를 친 당근이 부슬부슬 떨어졌습니다. 할머니의 눈은 분명 우짱과 엄마를 보고 있었어요. 그런데 절대 딸과 손녀를 보는 눈빛이 아니었어요. 환풍기 소리가 귓속으로 기어들어와 한동안 그 이외의 소리는 들리지 않았습니다.

움직인 것은 엄마였어요. 니도 우짱도 눈조차 깜박이지 못하는 사이, 허리에 두른 앞치마 끈을 풀며 느릿느릿 부엌으로 들어갔습니다.

기름이 튀어서 드문드문 비치는 얇은 커튼을 코끝으로 젖히자, 역시나 엄마는 불투명유리창을 바라보며 멍하니 서 있었습니다. 틀어놓은 물을 잠그는데, 그때까지 물을 맞고 있던 엄마의 손이 가늘게 떨리고 있었어요. 포동포동한 팔뚝에는 필러로 벗겨낸 듯한 또렷한 상처는 없지만 손톱을 쑤셔 박았는지 새빨간 자국이 네 개나 생겼어요. 옆에 서서 노란 액체 세제를 접시에 떨어뜨리는데 긴 침묵 끝에 "어쩔 수 없어" 하고 낮게 억누른 목소리로 엄마가 말했습니다.

"역시 어쩔 수 없어, 이제."

"설거지할 테니까 그만 자."

엄마는 창밖을 내다본 채로 고맙다고, 목 안으로 밀어넣듯이 중얼거렸습니다. 더욱 절박한 목소리로 다시 한번 고맙다고 말하고, 이미 자기보다 키가 커진 우짱의 머리를 머리카락 속을 깊이 헤집듯이 붙잡고, 떨리는 입술에서 후욱후욱 짐승 같은 숨을 내쉬며 엄지손가락으로 우짱의 관자놀이부터 이마를 몇 번이나 문지르듯이 쓰다듬었습니다. 눈꺼풀 주위를 엄지손가락으로 자꾸만 건드리는 바람에 우짱은 엄마의 체온과 온도가 같아진 세제 거품이 눈에 들어가 너무 아팠지만 그래도 눈을 뜨고 있었어요. 발광하기 전의 엄마 얼굴을 앞으로 평생 보지 못한다는 것을 알고 있었겠죠. 이제 곧 엄마의 얼굴을 못 볼 때를 위해 기록해두고 싶었습니다. 아키코가 유코 이모의 관에 난 작은 창문을 들여다보고 움직이지 않았던 이유를 비로소 진정으로 이해할 수 있었습니다. 아키코는 절대 넋이 나간 게 아니었어요, 기록으로써 뇌리에 새기려고 했던 것입니다. 엄마의 처진 눈초리가 찢어질 기세로 확장되고, 평소에는 푸르스름했던 흰자는 충혈되어 밝은 홍채가 미세하게 흔들리고, 코끝 모공은 벌어지고 건조한 뺨에 솜털이 보풀처럼 일어난 듯이 보였습니다. 어느 정도 비명이 섞인 목소리가 "우짱, 엄마르을 좋아해?" 하고 물었습니다. 왼쪽 손바닥은 형태를 확인하는 것처럼 뺨을 짓눌렀고, 속눈썹에 매달린 거품의 색깔이 시야 구석에서 흔들렸어요, 젖은 머리카락과 환풍기 소리가 귓가를 덮었습니다.

사랑하지,라고 말했어요, 흐읍 하고 숨을 들이마시는 소리가 났습니다. 폴로에게 앉으라고 한 다음 잘했어,하고 밥을 줄 때와 똑같이, 발광의 신호를 준 것은 우짱이었습니다. 허용해준 것을 안 엄마는 우짱을 끌어안고 울부짖었어요, 높고 건조하고 찢어질 듯한 비명이었습니다. 눈에 들어오고 만 것, 목격하고 만 것을 울부짖음으로써 놓아버리려는 것 같았어요, 우쨍도 울었어요, 있는 힘을 다해 엄마를 끌어안았어요, 역시 허리에 저릿하게 전류가 흐르는 것 같았어요. 니를 포함해 집에 있던 세 사람이 그때 어떤 반응을 보였는지는 기억 못 합니다. 우쨍에게는 엄마만 보였어요.

가엾어서 미칠 것 같았어요. 계속 비명을 지르는 엄마의 마음을 몸으로 알았습니다. 눈물로 뜨끈하게 젖은 옷 너머로 꼭 붙어 비벼대는 몸이 따끔따끔 아팠어요. 우쨍은 들러붙는 마찰로 뜨거워진 마음속으로 엄마의 독백을 들었습니다. 엄마가 태어나서부터 지금까지 수없이 혼자 더듬어왔던 독백이었어요. 할머니는, 유코가 혼자라 놀 상대가 없어서 불쌍하니까 너를 덤으로 낳았다고 했어, 엄마는 덤으로 태어난 거야, 할머니는 애정을 거의 전부 언니한테, 유코한테 쏟았으니까 누군가에게 사랑받고 싶어서 안달이 나서, 아빠라면 분명 사랑해주리라 믿고 결혼했는데, 사랑받는 건 불가능했어, 엄마와 아빠를 연결해주는 우쨍과 밋군이라는 두 엔조가 있는데도 아빠는 다른 여자랑 바람을 피우고 나가버렸어, 유코 언니는 죽어서 할머니의 총애를 영원히 제 것으로 가졌고, 할머니는 언니가 남기고 간 아키코를 사랑해, 손녀 이름을 기억하면서 딸인 엄마를 잊었어, 우짱도 밋군도 엄마가 지긋지긋하잖아, 아무도 걱정해주지 않는데 엄마는 외톨이로 수술을 받아야 해, 이제는 한계야, 엄마는 뭘 위해서 살아온 거니, 이렇게 잊어버릴 거라면 할머니는 왜 엄마를 낳았을까, 어째서, 어째서 엄마가 아니라 유코가 죽은 거야, 죽고 싶어, 죽고 싶어, 죽고 싶어…… 고막이 찢어질 정도로 끝없이 절규했습니다. 뒤엉킨 비명은 세포 하나하나를 망가뜨리고 녹입니다, 시야가 선명한 피로 뒤덮인 게 어딘가 혈관이 끊어졌는지도 모르겠어요, 그 피 때문에 아무것도 보이지 않았어요. 그래서 괜찮았어요. 발버둥 치는 엄마를 정신없이 끌어안고 엄마의 몸에서 엄마의 영혼이 빠져나가는 것을 막으려고 했어요, 그렇게밖에 할 수 없었어요.

니는 우짱이 왜 이렇게까지 엄마에게 집착하는지 모르겠죠. 우짱은 엄마를 증오해요. 학교에 못 가고 재수생이 된 것도 엄마 탓으로 돌렸고, 실제로 엄마 때문이기도 했으니까 욕하고 소리를 치기도 했어요, 공부하게 두지 않고, 뭘 해도 칭얼거리고 고함을 질러대니까요, 학교 선생님한테도 "어머니 때문에 고민이에요"라고 말했습니다. SNS에도 그렇게 적었습니다. 틀림없이 모두가 우짱은 엄마를 싫어한다고 생각하겠죠, 그래도 엄마를 그 누구보다 사랑하는 사람이 우짱이라는 사실을 니는 알아주길 바라요. 엄마를 가장 증오하는 사람도 우짱이지만, 자기를 낳은 엄마라는 생물을 쫓아다니는 아기보다도, 유코 이모를 잃어 불행에 잠긴 아키코보다도 훨씬 더 우짱은 엄마를 사랑했습니다. 엄마가 계속 아름답기를 바랐습니다. 그건 당연히 연애의 감정이나 욕망이 아니고요, 진정한 사랑이었습니다. 우짱은 엄마만을 사랑했습니다. 엄마의 엔조, 엄마는 우짱의 머리카락을 빗겨주며 종종 그렇게 말했는데, 우짱도 할 수만 있다면 엄마를 축복하는 천사 가브리엘 같은 존재가 되고 싶었어. 엄마, 엄마, 사랑하는 엄마, 하지만 지금 엄마는 더러워졌고 성가시고 우는 게 억지스럽고 자기 자신만 생각하니까 죽이고 싶을 정도로 밉다고 생각하기도 해. 이미 늦었어요, 우짱은 언젠가 엄마를 죽여버릴 거야, 물리적으로는 죽이지 않아요, 그런 일은 안 하고, 할 수도 없지만, 그래도 어딘가 멀리 적적한 마을에 혼자 남겨두겠지. 점차 아무도 산책하러 데리고 나가지 않게 된 폴로처럼, 질려서 병원에 병문안도 안 가게 돼서, 엄마가 쓸쓸하다고 울며 매달리면 내가 얼마나 일이 바쁘고 힘든지 엄마는 모른다며 틀림없이 화를 내겠지. 엄마가 쓸쓸하면 우짱도 쓸쓸하니까 점점 발길이 뜸해지고 안달복달하고 미워하고 미워하다가, 몇 년쯤 지난 어느 날 갑자기 엄마가 죽었다는 소식이 들려와 허둥지둥 열차를 갈아타고 갈아타, 우짱이 죽은 것도 아닌데 주마등 같은 것을 봐. 엄마가 죽는 날은 아마도 정신이 이상해질 정도로 평화로운 봄날일 것 같아요, 흘러가는 경치를 멍하니 바라보면, 아직 아키코가 우리 집에 오지 않았던 봄날의 기억이 눈앞에 떠오릅니다. 벚나무 아래에서 꽃가루알레르기 때문에 코를 훌쩍거리면서 따뜻한 샛노란 햇볕을 받으며 다 같이 엄마가 싼 도시락을 먹는 기억입니다. 아이도 먹을 수 있게 랩으로 하나하나 싸서 만든 한입 크기 '데굴데굴 주먹밥'을 니가 성질

98

을 부리며 집어 던지자, 아빠는 봄날의 미지근한 진흙물이 온통 묻은 그것을 주워 모아서 침으로 젖은 니 입술에 억지로 쑤셔 넣고 먹으라고 호통칩니다. 그러지 말라고 감싸는 엄마를 떠밀고, 아직 작았던 니도, 엄마를 흉내 내 말리려고 한 우짱도, 진흙과 쌀알로 더러워진 손으로 때려대요. 아빠에게 폭언을 들으면서 진흙에 파묻혔고 젖은 머리카락이 뺨에 철썩 달라붙었고 뺨 안쪽에서는 흙과 피 맛이 났고 시야에는 벚꽃이 느릿느릿 춤을 췄는데, 얻어맞았으면서도 그게 이상하게 행복한 기억으로만 떠올라 지금까지 엄마에게 했던 그 모든 일을 후회하며 열차에서 내려. 그렇게 소독약 냄새가 나는 병원에 도착해 몸을 질질 끌고 가서, 아무것도 없는 텅 빈 하얀 병실에 누워 외톨이로 죽은 엄마의 얼굴을 봐, 엄마는 울고 있어, 코에 튜브를 끼운 채 울면서 죽었어. 우짱은 엄마를 쓸쓸함으로 죽이고 말 거야.

그 사실을 깨달았을 때, 우짱은 처음으로 임신하고 싶다고 생각했습니다. 하지만 사방에 널린 아기는 죽어도 낳기 싫어, 엄마를 낳아주고 싶어, 낳아서 처음부터 키워주고 싶어요. 그러면 분명히 구해줄 수 있습니다, 그러면 실수로 우짱 같은 아이를 낳지 않도록 억척스럽게 잔소리하고 아기처럼 그저 순결하게 지켜줄 수 있습니다. 여자와 아기를 낳는 어머니와 아기를 증오하니까 절대로 엄마 따위 되지 않겠다고 다짐했는데, 이제 믿을 것이라곤 그것뿐입니다.

우짱은 이미 종교도 오컬트도 믿지 않아. 남자와 여자가 섹스하면 어째서 생명이 태어나는 건지, 그런 것이 훨씬 더 오컬트처럼 보이기만 해.

성적인 것을 증오하는 심리 자체는 사춘기에 흔한 감정이겠지만, 우짱은 줄곧 그것에만 집착했습니다, 받아들일 수 없었습니다. 아기가 어미와 만나기 위해서는 어째서 그런 일이 끼어들어야만 하는가. 우짱은 어째서 엄마의 처녀를 빼앗지 않고서는 엄마와 만날 수 없었을까.

이번에야말로 우짱은 엄마를 망가뜨리지 않고 만나고 싶었어, 오로지 그 이유만으로 엄마를 임신하고 싶었어.

우짱과 엄마의 흔해빠진 쓸쓸한 미래를 아무도 슬퍼하지 않겠죠. 아무도 불쌍하게 여기지 않겠죠. 모두 쓸쓸하기 때문이에요, 모두 제각각 따로따로 쓸쓸하기 때문이에요. 함께 쓸쓸함을 느껴줄 신이 없다면, 우짱 스스로가 우짱과 엄마의 신이 되는 것 말고 다른 길은 없어요.

벌써 엄마의 수술이 코앞까지 다가왔지만, 그런 기원을 품어버린 우짱은 한시라도 빨리 여행을 떠나야 했습니다.

*

종점인 신구역은 겨울인데도 이상하게 습한 공기가 일렁였습니다. 어두워서 주위가 거의 보이지 않는 주차장에 새빨간 스프레이 낙서가 눈에 들어왔어요, 요코하마 차이나타운에서 똑같은 것을 봤다면 하나도 무섭지 않았을 텐데도 이곳에서는 두려워져 호텔로 서둘러 갔습니다. 침대에 몸을 눕히기 전에 별로 쓰지도 않았는데 30퍼센트만 남은 휴대폰에 충전기를 꽂고 와이파이를 연결했고, 방 안에서 옷을 전부 벗고 샤워를 한 뒤 어젯밤에 민 덕분에 밀 게 거의 없는 몸에 꼼꼼히 면도기를 댔습니다. 밥을 먹을 시간도 거의 없었으니까 거울에 비치는 내 몸이 평소보다 조금 말라 보였습니다.

화장실에서 나왔을 때, 아키코에게서 부재중 전화가 온 걸 알았어요. 엄마한테 일이 생긴 건가 불안해져서 속옷만 입은 상태로 전화를 걸었습니다. 맨살에 닿는 이불 표면이 기분 좋았어요.

"우사기?"

전화를 걸고 뜻밖에 3초도 지나지 않아 흐릿하게 숨소리가 들려서 놀랐습니다.

"우사기? 듣고 있어?"

"무슨 일이야, 엄마 일?"

"수술은 내일이잖아. 병원 잘 들어갔으니까 괜찮아, 그게 아니라."

기분 탓인지 다정하게 들리는 목소리였습니다.

"병문안을 갈까 싶어서."

안쪽 허벅지 뒤쪽에서 담요의 결이 바뀌는, 연갈색 개의 모피 같았던 것이 광택 있는 짙은 녹색으로 바뀌었다가 다시 연갈색으로 돌아오는 모습을 지켜보며 간신히 생각했습니다, 아키코가 엄마의 병문안을 간다니. 놀라

움은 담요 결의 색이 아름다운 녹색으로 변했을 때 천천히 찾아왔습니다.

"웬일이래."

"그냥 안쓰러워서. 뭔가 가지고 갈 건데 역시 과자가 좋을까?"

유코 이모 일이 있었으니까 걱정해주나 싶다가, 지금까지 우쨩의 가족 관계가 어떻게 무너지든 쌀쌀맞은 눈으로 지켜보던 아키코를 이런 식으로 생각하려는 나에게 놀랐습니다. 어쩌면 아키코의 얼굴이 보이지 않아서 그럴 수도 있겠죠.

"아무거나 괜찮지 않아?"

삐로롱 휴대폰이 울렸습니다. 통화를 연결한 상태로 확인해보니 SNS 메시지였습니다. 유노 님에게서 쪽지가 왔습니다.

오늘이 라비 님 어머니 수술 날이지? 오늘 갑자기 안 보이니까 걱정돼서

오지랖 같기도 하고, 무슨 말을 해야 할지 모르겠는데 저기, 무사하시기를 기도할게

가슴이 뜨거워졌습니다. 수치심인지 죄책감인지, 혹은 걱정해주는 것에 대한 단순한 감사인지 우짱도 모르겠습니다.

아니야, 내일이야

수술 하루 전이지만 일단 오늘 입원했어

살펴보니 유노 님은 타임라인에도 몇 번인가 라비 님네 괜찮을까라는 글을 썼고, 다른 팔로워도 몇 명인가 반응했습니다. 우짱은 묵묵히 거기에 좋아요를 눌렀습니다.

SNS를 들여다보고 있었으니 목소리가 멀어져서 의아했겠죠, "우사기?" 하고 불안한 듯한 아키코의 웅얼거리는 목소리가 들렸습니다.

"선물은 아케보노야 쿠키면 괜찮을까?"

잘 들리지 않았지만, "괜찮겠지" 하고 대답하고 누워 뒹굴었습니다. 자고, 일어나서, 나치역으로 갔어요. 여기에서 나치산까지는 약 10킬로미터입니다, 버스로 갈 수 있지만 그러면 우짱의 순례길 수행이 되지 않으니까 처음부터 걸어갈 생각이었습니다. 나치 참배 만다라의 시작점인 후다라쿠산사로 향했어요. 인터넷에서 조사한 바에 따르면 이 지역 나치카쓰우라 부근에는 오래전 후다라쿠 항해라는 사신행*이 있었다고 합니다. 글쎄, 30일치 식량을 실은 배를 타고, 관음보살님의 정토라는 남방의 보타락을 찾아갔다고 해요. 수행자를 가둔 배는 쿠로시오 해류**를 타고 해안에서 점점 멀어집니다. 정토에 가려고, 도망칠 방법이 없는 배를 타고 바다로 떠내려가 죽는다니 아무리 생각해도 제정신으로는 안 보이는데, 그들은 그런 것을 진심으로 믿으면서, 배가 도착할 거라고 믿으면서 파도에 휩쓸려 죽었을까요.

편의점에서 확대 인쇄한 지도를 들고 빙글빙글 돌리다가 쏟아져 반사되는 빛이 눈부셔서 실눈을 떴는데, 뒤에서 누가 어깨를 툭툭 두 번 두드려서 기겁했습니다. 돌아보니 할머니가 한 분, 아무래도 내게 말을 걸고 있었는지 아래턱이 불룩한 얼굴로 뭐라고 중얼거리며 서 있었습니다. 움푹 팬 두 눈 주위로 햇빛이 그늘져 어두워 보였습니

---

* 목숨을 걸고 하는 수행.

** 북태평양 서안을 흐르는 북태평양 환류의 일부를 이루는 난류. 대만 동쪽에서 일본의 태평양 연안을 거쳐 북쪽과 동쪽으로 흐른다.

다. 눈가는 주름졌다기보다는, 잔주름이 가득한 옷감에 잡은 실매듭처럼 자잘한 주름 속에 눈매가 앞뒤로 답답한 작은 눈이 달린 듯 보였습니다. 할머니가 뒤쪽을 가리키고 입가를 오므라뜨리며 "즈기에" 하고 말했습니다.

"지금 즈기에 즐간에 부처 계시라잉."

뭐가 재미있는지 가래 뱉는 소리를 내며 웃자, 뒤집힌 흙색 입술 사이로 작은 치아들이 보였고 입 안쪽의 따듯해 보이는 어둠 테두리에 하얗고 자잘한 거품이 고였습니다. 우쨩은 순간적으로 숨을 참아, 지금 맡은 냄새를 견디려 했습니다.

"그렇군요?"

붙임성 있게 고개를 끄덕였으나 사투리 때문에 할머니가 무슨 말을 하고 싶은 건지 도무지 모르겠습니다. 그래도 즈기에라면서 할머니가 가리킨 방향이 우쨩의 지도가 가리키는 절의 방향과 같다는 것을 깨닫고 어쩐지 오싹했습니다. 조사한 바에 따르면 절의 본존불은 비공개로 보관 중일 텐데, 절 입구에 도착해보니 벗어둔 신발이 여러 켤레 놓여 있더군요. 그 안에서 절의 주지로 보이는 남자가 마치 우쨩을 기다리기라도 한 양 손짓했습니다. 오싹했어요. 이 절과 인연이 있는 가족이 오늘 요코하마에서 왔다고 합니다, 덕분에 비불*이어서 우쨩도 당연히 참배할 거라 생각 못 했던 천수관음보살을 볼 수 있었습니다. 키가 큰 이 천수관음보살은 중요문화재인데 국보에 더 가깝다는 이야기와 최근 도로 개발이 이루어지는데 반발이 있다는 뒤죽박죽 섞인 이야기를 정자세로 앉아 들으며 우쨩은 어떤 일이 일어나기 시작했다고 생각했습니다. 관 같은 좁은 상자에 갇혀 부드러운 빛 속에 안치된, 생김새가 아름다우면서도 묘하게 색기가 흐르는 이 관음보살을 보며 배 속에서 무언가가 꿈틀거리는 것을 느꼈어요. 털양말을 신은 발의 두 엄지발가락을 겹치자, 그 느낌이 더욱 강렬해졌습니다. 불안이나 초조와도 비슷한데, 한편으로 전혀 다른 것 같아요. 기대와도 비슷합니다. 부처님에게 공통으로 보이는 특징인 어렴풋이 부푼 배 모양이 눈에 들어와 시선을 떼지 못했는데, 우쨩은

---

* 불감에 모시고 문을 닫아두어 직접 참배할 수 없는 불상.

그때 태어나서 처음으로 불상에 욕망을 느꼈습니다. 저 섬세한 손가락을 내 갈라진 틈에 넣고 싶었고, 내게 남자 성기가 자라기를 바랐고, 저 풍만한 의복의 파도를 헤집 어 성기가 있는지 없는지 모를 다리 사이에 내 것을 문지 르고 싶었고, 희미하게 웃음을 지은 입가를 일그러지게 하고 가느다란 팔과 손가락에 내 손가락을 얽으며 저 살 짝 부풀어 오른 배 속에 씨앗을 심고 싶다고 생각했습니 다. 겹친 엄지발가락의 위아래 위치를 들썩들썩 바꾸다 가, 다다미 틈에 털실이 걸려 쥐가 나는 듯했는데, 그 아 픔이 부처님이 내리는 형벌 같았습니다.

그건 그렇고 오싹합니다. 원래 비불인 부처님이 갑자기 공개되는 불가사의한 우연이 10킬로미터도 못 미치는 거 리를 걷는 동안 일어났습니다.

도로변으로 들어갔다가, 다람쥐나 햄스터를 넣을 만 한 작은 케이지를 안고 집에서 나오는 남성과 눈이 마주 쳤습니다. 우짱을 보고도 좌우 크기가 비대칭인 눈을 흐 리멍덩하게 뜬 채 무표정했는데, 그러면서도 유난스럽게 쳐다보기에 가볍게 "안녕하세요" 하고 인사하자, 그 남성이 "만다라인가?" 하고 커다란 오른쪽 눈만 더 크게 뜨며 물었습니다. 우짱 바로 앞으로 차도처럼 보이는 자갈길이 있어 상대와는 조금이나마 거리가 있었어요. 우짱이 지금 가려는 보행자용 길은 만다라의 길이라고 표시되어 있습니다. 길가의 참억새가 살랑살랑 흔들리는 가운데, "네" 하고 대답한 우짱의 목소리는 이상하게 우등생 같았습니다. 재수생이 되기 전, 졸업식에서 이름이 불렸을 때의 내 음성이 문득 생각났습니다. 남성은 웃으며 땡땡 하고 틀렸다는 소리를 내고, 그쪽은 길이 막혔다고 말했어요. 길을 잘못 든 관광객이 자주 오나 봐요, 익숙하다는 듯이 한 걸음 앞으로 나와 표식이 되는 다리 이름을 가르쳐주고 거기에 더해 "여기서부터 걸어가려고? 조심해"라고 격려해줬습니다.

그가 들고 있던 케이지를 현관 옆에 내려놓았어요. 붉은 샐비어 화분으로 덮어 감추듯이 놓는 걸 보고 우짱은 "햄스터를 키우세요?" 하고 물었습니다. 우짱도 폴로를 키우니까 가벼운 수다를 떠는 느낌으로요. 엉덩이에 손을 문지르며 "웅?" 하고 되물어서 문득 겁이 나는 바람에 우짱은 시선을 마주친 채 입을 다물었어요. 그러자 남자는 역시 오른쪽 눈만 크게 뜬 채로 말했습니다.

"죽었어, 오늘 아침에."

비린내 나는 바람이 유유히 지났고, 우짱은 참억새에 에워싸인 막다른 자갈길의 경치를 반추하며 도로변을 걸어갔습니다. 붉은 샐비어와 주차장에서 콧등이 튀어나온 네모난 자동차와 물이 거의 흐르지 않는 강과 드문드문 적갈색으로 녹슨 다리. 그곳에서 오랫동안, 비가 샐 것처럼 낡아 보이는 집에서 살면서 길을 잘못 든 인간에게 제대로 된 길을 알려줬던 남성이 기르던 햄스터가 오늘 아침에 죽었습니다.

그 후로 강을 따라 걸었는데, 갑자기 지도에 표시된 길이 갈라지는 지점과 맞닥뜨렸습니다. 다리가 있고 건너에 아주 좁은 길이 있고요, 산에 한 걸음 들어서자 공기부터 달라졌습니다.

완전히 별세계였어요. 젖은 흙과 풀의 풋풋한 냄새가 가슴을 채웠고, 삼나무 몇 그루가 아래에서 위로 쭉 뻗어 있었습니다. 차가운 바람이 귓불을 엘 듯이 빠르게 부는 가운데 무거운 짐을 등에 지고, 자칫하면 시야에서 놓칠 정도로 좁은 산길을 힘주어 밟았습니다. 멈춰 서서 잔가지가 부러지는 소리나 옷감이 스치는 소리나 숨 쉬는 소리가 사라지면 진정한 침묵이 찾아옵니다. 침묵은 내려오는 것이 아니라 등에서부터 따라옵니다. 이 고요함에서 벗어나려면 계속 걸어야 하지만, 쓰러진 수목을 넘거나 시야가 트여 빛이 쏟아지거나 하는 우연한 순간에 멈춰 서면 또 침묵이 찾아옵니다. 나무들을 이따금 덥히던 빛이 일제히 내리쬐었을 때, 우짱은 버티지 못하고 쭈그려 앉았습니다. 다운 코트 주머니에서 엉긴 이어폰을 잡아 빼 귀에 꽂고 에릭 사티를 틀었습니다. 느긋한 삼박자를 듣자 다시 내리쬐기 시작한 빛이 더욱 신성해 보였습니다. 잠금을 풀어 휴대폰을 열었습니다. 도시에서, 이어폰으로 연출되는 세계에서, 인터넷 가능 지역에서 결국 우짱은 떠나지 못합니다. 오전이라 다행이었어요. 저녁때 이런 곳에서 헤매면 아마도 돌아가지 못하겠죠. 지도 앱은 계속 열어둬야 했는데, 우짱은 그 이상으로 SNS

를 원했습니다. 산에 혼자 있는 우짱과 관계없이 누군가 계속 일상생활을 이어가는 인터넷을 구경하고 싶어서 접속했는데, 드물게도 타임라인이 날뛰면서 흐르고 있었어요. 대충 거슬러 올라가 모두가 인용한 글을 보고 아스카 극단의 배우 기타가와 요지로의 은퇴 소식을 알았습니다. 요지 씨는 우짱이 응원하는 니시초노스케가 온나가타를 할 때 상대역을 자주 맡는 간판 배우입니다. 차기 좌장이라고 기대를 받았는데, 팬과의 결혼을 계기로 은퇴를 결심했다는 내용이었습니다. 우짱은 충격을 충격으로 받아들이지 못했습니다. 그것은 현시점에서 '일어나는' 일이 아니라 '일어나버린' 일입니다. 우짱은 뭔가에 뒤처지고 만 기분이었습니다.

말도 안 돼

결혼한다고 그만둘 필요가 있나? 해명은?

일개 팬으로서 왈가왈부할 수 없지, 건방지게 해명할 책임이 있다느니 하는 사람은 뭐람? 요지 씨 축하해요!

아니 사고 정지 잠깐만

일 그만두면 생활비는 어쩌려고

상대 여자는 걔인가, 사쿠라코 아니야? 지난번 퇴근길에 커다란 리본 달았었어

다른 일이 있겠지, 전에 극단은 부업이라고 했던 것 같아

거짓말, 진짜야?

눈물 나

사쿠라코는 아니다(웃음)

일부러 그에 관한 언급은 하지 않고 낮부터 수술이라고 적었습니다. 타임라인의 기세가 아주 조금 약해졌지만, 이 정도의 소동이니까 평소처럼 조용해지지는 않았어요.

제발 무사하기를

괴로워

손이 멈추지 않아요.

이제 마지막일지도 모르니까 마취하기 전에 얘기하고 왔어

우짱은 비통함에 젖어 얼굴이 벌게지는 것을 느꼈어요. 실제로 수술은 낮부터 시작할 예정이었어요. 쓰러진 나무 위에 앉아 이렇게 휴대폰을 만지는 우짱을 니는 한심하다고 여길 수 있겠죠, 엄마를 버렸다고 여길 수 있겠죠, 그래도 우짱은 엄마를 위해서 슬퍼하고 있었습니다.

우짱이 이렇게 적는 내용과는 전혀 다르게, 수술 때문에 죽을 일은 거의 없을 줄 알면서도 그래도 상상으로 슬퍼했습니다. 그때는 이미 타임라인이 고요해졌는데, 미도리 님만은 우짱을 무시할 생각인지 요지 씨의 은퇴 이야기를 계속 떠들어댔습니다. 우짱은 발끈했어요, 이어서 결심했어요, 두 시간 후에 엄마가 수술받다가 죽은 걸로 하자고 생각했습니다.

산의 침묵 속에서 한 시간쯤 멍하니 있다가, 일어나 다시 천천히 걸으며 우짱은 요지 씨의 은퇴를 포함한 갖가지 우연을 생각했습니다. 우연히 오늘 우짱과 마찬가지로 요코하마에서 온 절과 인연이 있는 어떤 가족, 그들 덕분에 볼 수 있었던 원래는 공개하지 않는 부처님, 햄스터의 죽음, 다이몬자카 길에서 만난 어떤 아주머니가 가르쳐준 절에서 일 년에 딱 3회만 한다는 본존불 공개, 게다가 나치다이샤는 보수 공사 중이었습니다. 너무 많은 일의 타이밍이 겹쳤습니다. 아랫입술에 비를 맞았어요. 속눈썹 위에 무거운 공기가 얹힌 듯해 그걸 떨어뜨리려고 우짱은 두 번 눈을 깜박였는데, 숲에 꿈틀거리는 공기가 두툼한 습기를 머금기 시작했습니다. 아래에서 보면 재가 떨어지는 것처럼도 보이는 구름 낀 하늘이 산 전체를 뒤덮고 먼 곳에서 우레를 일으키고 있습니다. 태풍이 오는 시기도 아닌데 한겨울에 뇌우라니 드문 일이죠, 할머니의 태풍 이야기가 떠올랐습니다. 서둘러 계단을 내려오는 사람들이 하나둘씩 보였어요. 우짱은 후드를 쓰고 웅크렸습니다. 하얀 김을 내뿜지 않으려고 입을 다물고, 빗줄기가 떨어져 까만 얼룩이 늘어가는 돌계단을 하나하나 힘껏 밟으며 올라갔습니다. 계단이라지만 바위를 그냥 겹쳐 쌓아 간신히 계단처럼 만들어놓은 데도 있어서 불안정한 곳을 밟을 때마다 등에 힘이 들어갔어요.

지나가는 사람의 얼굴도 보지 않았습니다. 몇 번인가 평탄한 곳이 나와도, 안내를 보고 다시 계단에 접어들면 또 내 발치만 바라보며 올라갔습니다. 숲을 빠져나와도 여전히 이어지는 계단을 올라갔더니 마침내 커다란 도리이*가 보였습니다.

---

* 신사나 절 입구에 기둥 두 개와 가로대를 놓아 세운 주홍색 문.

보수 공사 중이어서 회색 커버를 씌운 신사 틈새로 언뜻언뜻 보이는 젖은 주홍빛이 오히려 중후해 보였습니다. 세이간토사의 시코쿠 33개소 순례* 제1번 예소를 알리는 깃발이 비에 시들어 가만가만 나부꼈습니다. 우쨩의 목적은, 보통은 본존불 대신 협시불로 모신다는 이 절의 본존 여의륜관음보살을 보는 것이었지만, 오늘은 볼 수 없다고 해서 조금 실망했습니다. 작고 금빛으로 빛나는 아름다운 여성 같은 외모의 협시불이 아니라 까맣고 위풍당당한 모습을 한 여의륜관음보살이 어두컴컴한 본당 안쪽에 흐릿하게 보일 뿐이었어요. 우쨩은 시주함에 5엔짜리 동전을 던져 넣고 머리를 텅 비우고 합장한 뒤, 삼중탑으로 갔습니다. 내부에는 아주 선명한, 동남아시아에 있을 법한 채색을 한 내영도**가 붙었고, 금빛 번쩍거리는

---

* 나치다이샤 신사와 일본 불교 천태종의 절인 세이간토사는 거리가 가깝다. 시코쿠 33개소 순례란, 일본 긴키 지방과 기후현에 있는 33개소의 관음신앙 성지를 돌아보는 순례를 말한다.

** 아미타여래가 중생을 극락정토로 데려가기 위해 인간계에 내려오는 모습을 그린 불화.

천수관음보살이 엘리베이터 옆에 안치되어 있었습니다. 위쪽 계단으로 밖에 나갈 수 있었는데, 나치 폭포를 또렷하게 볼 수 있는 전망대처럼 되어 있었어요. 부슬비 내리는 폭포는 자잘한 물보라를 튕기며 몇 겹이나 겹친 오건디 천이 풀리는 것처럼 매끄럽게 아래로 떨어졌습니다. 구름 낀 하늘 안쪽으로 해 질 무렵의 은은한 빛이 비쳐 보였고, 그 빛을 받으며 떨어지는 천과 같은 물줄기를 멍하니 바라보다가 연기와 닮았다고 생각했습니다. 유코 이모의 장례식 때 아키코의 어깨너머로 봤던, 주검을 불태우는 연기의 흐름을 딱 거꾸로 재생하는 것 같았어요. 물 냄새가 났습니다.

휴대폰을 꺼내 사진을 찍었지만, 장엄한 경치는 당연히 휴대폰 카메라 따위로는 찍을 수 없습니다. 인터넷을 쓰지 않으려던 처음의 결심도 잊고 SNS에 또 접속했습니다. 실패한 것 같아,라고 적었어요. 고요한 타임라인에 엄마가 돌아가셨어요. 원래 위험성 높은 수술이어서 각오했는데도 정리하기 어려운 감정이 앞서네요라고 이어 적었습니다. 인터넷의 고요함은 말 그대로 눈앞에 펼쳐진 경치의 고요함이었어요. 니는 이런 거짓말을 적어버린 우짱을 경멸할까요? 물론 하겠지, 세상 모든 인간이 경멸하겠지. 글을 적은 순간 우짱은 긴장이 서서히 풀리는 것을 느꼈어요. 조용하고 고독한 산은 풍만한 여자가 몸을 옆으로 뉜 모습처럼도 보입니다. 예전에 엄마가 누군가에게 살해당하는 악몽을 꾸다가 깬 한여름 오후의 저녁, 바람도 쥐 죽은 듯이 고요한 침묵 속에서 옆에 누운 엄마를 바라봤던 순간이 떠올랐습니다. 울면서 잠에서 깼는데 엄마를 깨울 수 없었어요. 당장이라도 흔들어 깨우고 싶은데 혹시나 하는 생각이 우짱을 자꾸만 멈추게 했습니다. 벌렁 누운 엄마의 가슴과 배와 엉덩이와 허벅지와 장딴지가 만드는 짙은 회색 그림자가 능선처럼 봉긋하니 볼품없이 이어졌습니다. 눈앞에 펼쳐진 안개 낀 바다로 이어지는 산들은 여자의 몸처럼 깊이 호흡하고 있습니다. 우짱은 고대부터 끊이지 않고 이어져온 생명에게 꾸지람을 듣는 기분이었어요. 그러다가 요코하마의 그 집으로, 너무 비참하면서도 그리워져서 돌아가고 싶었습니다. 떨리는 가슴에서 자연스럽게 뜨거운 눈물이 흘러나올 것 같아 안심했습니다. 슬픔이 있으면 이 거짓말이 거짓말이 아니게 될 것 같았거든요.

우짱은 다시 휴대폰을 열었고, 심장이 얼어붙었습니다.

미도리 님이었습니다.

아직 미련이 남았어, 충격

최애의 결혼은 진짜 아니지 않아? 다들 어떻게 극복하지?

평소와 전혀 다르지 않은 투정이 너덧 개나 이어졌고, 제일 첫 글은 우짱이 마지막으로 글을 올린 시간에서 일 분도 지나지 않은 때였습니다. 다른 팔로워들이 아무 말도 하지 않아 미도리 님의 글만 타임라인을 채웠습니다.

우짱은 망연자실한 채, 우짱의 말 따위 완전히 무시하고 점점 늘어가는 글을 바라보았습니다. 그때 삐로롱 하고 휴대폰이 울리더니 미노리 님에게서 메시지가 도착했습니다. 어른스러운 언니 같은 이미지이고 글도 딱딱한 느낌이라 접근하기 어려워서 자주 대화하지 않던 상대였어요.

수술 전부터 걱정은 됐지만 메시지를 보내지 못했는데 이번에는 도저히 가만히 있을 수 없었어요

다음 문장을 고민하는 거겠죠. 넉넉히 삼 분쯤 지나서

답을 안 줘도 되지만 내 전화번호예요. 혹시 마음을 털어놓고 싶다면 여기로 연락해요 하고 다시 메시지가 왔습니다. 다른 아이들도 차례차례 비슷한 문장을 보내서, 우짱은 어떻게든 가슴에 숨을 집어넣으려고 노력하며 휴대폰으로 문자를 작성하려고 했으나, 이 사람들에게 되돌릴 말 따위 도저히 생각나지 않았어요. 갑자기 겁에 질려 라비 계정을 삭제했습니다. 고작 다섯 단계를 거치자 삭제할 수 있었습니다.

얼어붙은 가슴이 두근두근 움직이기 시작했어요. 혈액이 눈석임물이 일으키는 탁류처럼 흐르기 시작했고 온몸의 모공이 벌어져 진땀을 뿜어내는 것 같았어요. 우짱은 삼중탑 계단을 뛰어 내려가면서 불현듯 '아케보노야의 쿠키'라고 말한 아키코의 목소리를 귓가에 생생하게 떠올렸습니다. 그곳 쿠키에는 땅콩버터가 많이 들어갑니다. 할머니가 좋아해서 예전에 자주 사 왔는데, 엄마는 그때마다 우짱이나 니나 아키코에게 양보했어요. 우리가 그걸 먹을 때면 엄마가 행복한 표정을 지어서 몰랐는데, 나중에 알고 보니 자기는 땅콩 알레르기가 있어서 못 먹으

120

니까 양보해준 거였어요. 아키코는 엄마를 죽이려는지도 몰라요. 우짱이 없는 사이에 엄마를 과민성 쇼크로 죽이려는 속셈일 거예요. 알레르기로 사람이 죽는 일은 아주 흔합니다. 소량이라면 괜찮은 사람도 있겠지만 엄마는 그렇지 않고, 수술 후라 면역력이 약해진 상태이고 마취해서 정신없는 와중에 조금이라도 먹으면 기관이 부어올라 숨을 쉬지 못해 반드시 죽어요. 배가 찢어질 듯이 아파서 미칠 것 같았어요. 아키코를 병실에 들이지 말라고 연락해야 하니까 우짱은 당장 니에게 전화했습니다. 그러나 병원에 있어서 전원을 껐는지, 산속이라 연결이 안 되는지 도무지 받지를 않았어요.

벌을 받았다고 생각했어요. 사람 목숨을 가지고 놀고 불행을 질투하며 짓뭉갠 벌을 받은 거야. 그 사실이 우짱을 이글이글 끓어오르게 했습니다.

모든 벌받을 행위는 가장 깊은 신심의 반발입니다. 하지 말라는데도 다다미 가장자리를 집요하게 밟고, 별로 맛도 없는데도 안방에 모신 불단 위 화과자를 몰래 훔쳐먹고, 향이 타고 남은 재 섞인 모래를 양초 앞에서 엉망으로 뒤섞어 흐트러뜨리고, 그런 짓을 일부러 하는 것은, 그런 벌받을 반항은 이치를 넘어선 어떤 힘이 있다는 전제가 있기에 존재할 수 있어요. 애초에 그런 존재를 믿지 않는 인간은 다다미 가장자리 따위 신경도 안 쓰고 걸어다닐 테고, 굳이 불단의 향내가 밴 과자를 훔쳐 먹으려고도 안 해요. 벌받을 행위는 신을 믿기 때문에 그 안색을 힐끔힐끔 살피는 아기 같은 행위입니다. 그래서 벌을 받았을 때, 신의 존재에 떨면서 인간들은 마침내 안심할 수 있어요. 자신을 진정으로 이해하는 누군가와 연결됐다는 안심에 몸을 맡길 수 있는 거예요.

우짱은 머물 예정이었던 여관에 가기도 싫고, 사람들이 있으면 마음껏 비명을 지르지도 못하니까 산을 더 오르기로 했습니다. 만다라의 길은 여전히 계속됩니다. 이 폭풍우 속에서 깊은 산 안쪽까지 걸어가면 무언가와 만날 수 있을 것 같았어요. 여자 혼자 걷기에는 도저히 무리일지 모르지만, 이곳의 신을 화나게 했으니 더 안쪽까지 들어가야 한다고 생각했습니다. 어쩌면 엄마를 임신하려면 엄마가 죽어야만 할지도 몰라요. 누군가의 기일에 태어난 아기는 고인의 환생이라는 이야기는 흔한데, 그것과 같습니다. 이 세상에 엄마가 둘 있을 수 없으니까 우짱이 엄마를 낳으려면 지금의 구제할 방법이 없는 엄마는 죽어야 합니다. 오늘 그렇게나 많이 일어난 우연도 분명히 신앙이 부활한다는 전조인 게 틀림없습니다.

우짱은 뒤엉키는 발을 축축한 흙 속에 정신없이 꽂으며 걸었습니다. 전화를 계속 거느라 배터리 잔량이 10퍼센트 이하로 떨어졌습니다. 우짱은 엄마가 무사하리라는 기대를 완전히 포기하고 흥분했어요. 발광하지 않고 마침내 신앙을 되살릴 수 있으니까 당연합니다. 니에게 계속 거는 전화는 이제 엄마의 죽음을 확인하기 위한 것이었습니다. 아키코가 엄마를 죽였어, 니가 비장한 목소리로 말하면 그에 겹쳐서 말해줄 생각입니다. 우짱은 엄마를 임신했어, 곧 낳을 거야, 그러니까 걱정 안 해도 돼.

밋군, 니는 우짱이 여행을 떠나기 전에, 이 집에 더는 있기 싫어, 미칠 것 같아, 벌써 미쳤을지도 모르지,라고 말했죠. 니는 이미 내 사람이라서 미쳤는지 우짱 스스로는 판단하기 어려워요. 그래도 자기가 미쳤는지 판별하는 방

법을 하나 알려줄게요.

자기가 발광했는지 빠르고 손쉽게 알고 싶으면 만원 전철에 앉아봐요. 다른 좌석은 콩나물시루처럼 꽉꽉 찼는데 옆이 텅 비어 있다면 니가 미쳤다는 증거입니다.

니가 없을 때는 엄마의 양옆을 메워줄 인간이 없으니까 우쨩은 반드시 엄마를 구석에 앉히고 바싹 붙어서 옆에 앉습니다. 마치 폴로가 우리 가족에게 달라붙어 엉덩이와 배를 밀어붙이며 앉는 것처럼.

지금껏 그래왔습니다. 옆이 비면 엄마가 상처받을 테니까 한 자리만 비어 있으면 앉히면 안 돼요. 긴 의자의 구석이 두 자리 연속해서 비지 않으면 안 돼. 그때까지 엄마가 아무리 눈썹을 팔자로 축 늘어뜨리고 손등이 새하얘질 정도로 힘주어 붙잡은 손잡이가 끽끽거려도, 아무리 가엾어도 절대 앉히면 안 돼.

그러나 그런 생활과도 안녕이에요. 우쨩을 낳음으로써 더러워지고만 가엾은 엄마는 곧 속세에서 해방됩니다. 마침내 구원받습니다. 이제는 전할 수 없지만, 만약 살아 있는 동안에 엄마와 만날 수 있다면 이렇게 말해주세요, 고마워키도키, 잠자리 잘 자.

  체력이 배터리 잔량과 동등하게 깎입니다. 지도 앱은 배터리를 잡아먹으니까 껐습니다, 이제 어디를 어떻게 걷는지도 몰라서 우짱은 웃었습니다. 웃었더니 배 속에서 무언가가 꿈틀거리는 느낌이 들었습니다. 분명 엄마도 똑같이 아프겠죠, 입덧 같은 구역질도, 알레르기로 기관이 좁아져서 호흡하지 못하는 괴로움도, 눈앞이 흐릿해지는 감각도 동기화하고 있겠죠. 다리 사이가 피에 젖어 뜨거워졌습니다. 배가 당겨서 아팠고, 안에서 솟구친 구역질은 실제로 시큼한 냄새가 나는 위액과 소화가 덜 된 편의점 주먹밥의 밥알이 되어 젖은 낙엽 위에 걸쭉하게 흘렀습니다. 번쩍 번개가 쳐서 하늘이 강렬하게 빛났을 때, 임신했다고 생각했어요. 엄마가 죽었다고 생각했어요. 그때 귓가에서 계속 울리던 전화가 연결되었습니다. 상대는 당연히 너였습니다.

  전화를 끊고 몇 초 후에 입을 크게 벌리자, 빗방울이 따뜻한 점막에 닿았습니다. 냉기가 숨통과 기도와 폐를 순식간에 수축시키고, 달궈져서 끊어지는 듯한 목소리를 내며 우짱은 울었습니다.

천둥이 치고, 딱딱해진 핫팩을 붙인 속옷 위로 손을 대 아픈 배를 덮었습니다. 아주 오래전, 지금처럼 배꼽을 감췄던 때가 생각났습니다. 그때는 배를 덮은 우짱의 손에 한층 더 커다란 손이 겹쳤고, 천둥이 배꼽을 훔쳐 갈 거라고 말하는 목소리에도 눈빛에도 장난스럽고 애정이 가득한 웃음이 번졌습니다.

언제부터 믿으면 안 되는 것이 됐을까요. 그 말을 계속 진짜라고 믿으면 왜 안 되는 걸까요.

울면서 정신없이 다리를 움직였습니다. 물이 찬 신발이 진창에 먹히면서 벗겨져 털양말이 진흙에 더러워졌습니다. 우짱은 얕은 호흡밖에 못 하는 가슴에 억지로 습한 공기를 집어넣었습니다. 백화점 옥상이든 도시 건널목이든 길을 잃은 아이가 울부짖으며 외치는 것은 단 하나입니다.

엄마아, 우짱은 외쳤습니다. 눈꺼풀 안쪽에서 빛이 터지고 입 안에 젖은 머리카락이 들어갔습니다. 머리카락이 엉겨 붙은 뜨거운 혀를 필사적으로 움직여 까마귀처럼 울었습니다. 엄마, 엄마아아, 목을 쥐어짜 토해낼 때마다 엄마를 향한 슬픈 참회 섞인 사랑이 가슴을 찢을 듯이 뿜어져나왔습니다. 눈물이 목을 치받았습니다. 우짱은 천둥에 묻고 싶었어요, 왜 아기의 배꼽을 빼앗느냐고, 왜 엄마에게서 분리하느냐고 묻고 싶었어.

엄마, 다시 외치려다가 목이 막혀 우는 소리가 끊기고 추한 숨소리만 들렸습니다. 우짱은 이 감각을 알고 있어요. 자신의 내면이 어딘가로 가버릴 것 같을 때, 전화할 상대를 찾아 연락처 목록을 위아래로 움직일 때의 그 감각, 결국 아무에게도 연락하지 못하고 휴대폰을 끄는 순간의 그 감각, 연락하고 싶은 불특정한 누군가는 즉 신입니다. 불특정한 누군가 따위 사실은 어디에도 없고, 있는 것은 별개로 살아가는 특정한 인간들뿐입니다. 아기와 아기 엄마를 연결한 탯줄은 아무것도 아닌 인간의 손에 절단되고, 탯줄의 흔적은 배꼽이 되어 인간의 중심에 오래오래 쓸쓸하게 남아요, 만약 배꼽을 지울 수 있다면, 지울 수 있는 존재가 정말로 있다고 한다면 오히려 그 흔적

째 빼앗아가길 바랐어.

빰이 젖고 눈앞이 현기증이 인 듯이 흐릿하게 하얘졌습니다. 저기 아래에 까만 워커가 굴러다니는 게 보여서 진흙투성이인 저 신발을 신어야 한다고 생각했어요.

수술은 성공했습니다. 아키코가 가지고 간 선물은 결국 젤리 음료뿐이었고, 아케보노야의 쿠키를 언급했던 건 심술이나 농담이었겠죠. 산에서 우짱을 덮친 강렬한 복통은 단순 생리통이었습니다. 엄마는, 병원에서 숨을 쉴 때마다 물소리가 나는 관에 연결되어 고열에 시달리면서 살아 있었습니다. 그렇지만 있잖아, 밋군. 우짱과 밋군을 낳은 자궁은 이제 어디에도 없어.

옮긴이의 말

사랑하면서 미워하고

고마우면서 미안한

밋군, 우짱은 말이지, 엄마를 낳고 싶었어. 엄마를 임신하고
싶었어(17면).

처음 이 문장을 봤을 때, 왠지 숨이 턱 막혔다. 잘못 읽었
나 싶어 앞 장으로 돌아갔을 정도다. 같은 문장을 다시 마
주하자 이번에도 숨이 답답해졌다. 동시에 머리로 받아들
이지 못해도 마음으로는 이해할 수 있었다. 나를 낳고 키워
준 엄마를 다시 낳아 키워주고 싶은 소망이 품은 절실함을.

『엄마』는 『최애, 타오르다』로 우리나라에 소개된 우사미
린의 데뷔작이다. 제목에서 드러내듯이 이 작품은 엄마와
딸의 관계를 집요하게 들여다본다. 나아가 임신과 출산을
할 수 있는 여성성에 관해서도 생각한다. 일본 가와데쇼보

신사 출판사에서 주최하는 제56회 문예상 수상작이며 제33회 미시마 유키오상 수상작이기도 하다. 미시마 유키오상은 『금각사(金閣寺)』로 잘 알려진 미시마 유키오의 업적을 기념해 일본 신초사에서 주최하는 문학상으로, 역대 수상자로 『편의점 인간』의 무라타 사야카와 『보라색 치마를 입은 여자』의 이마무라 나쓰코 등이 있다. 무라타 사야카는 우사미 린의 두 작품이 출간된 이후 대담을 나누기도 했는데, 『엄마』를 두고 "이 작가는 글을 쓰는 저주에 걸렸다. 이는 신뢰할 수 있는 '작가'로서의 저주다"라고 찬사를 보냈다.

주인공 우짱의 엄마에게는 깊은 상처가 있다. 태어난 순간부터 엄마(우짱의 할머니)에게 덤 취급을 받았고, 애정을 채워주리라 기대했던 남자(우짱의 아빠)에게 폭력을 당한 끝에 헤어졌다. 우짱과 밋군이라는 자식까지 있는데 바람을 피운 아빠에 엄마는 미쳐버리지만, 사실 엄마는 오래전부터 서서히 미쳐가고 있었다. 술이 들어가면 감당할 수 없이 난동을 부리고 자기 몸은 물론이고 가족까지 해친다. 우짱의 눈에 엄마는 너무 안타까우면서 추해 보인다. 한편 엄마의 상처를 보듬어주고 싶은 마음도 있다. 우짱에게 엄마는, 아기에게 자기를 낳아준 엄마는 절대적인 신과 같은 존재이니까. 우리는 신을 숭배할 수밖에 없고 나를 어여삐 여겨달라 구걸할 수밖에 없다.

우짱은 가족 모두 엄마를 포기한 후에도 엄마 곁을 지킨다. 그렇지만 우짱은 엄마의 상처에 소독약을 발라줄 수 없다. 엄마에게 결정적인 상처를 낸 것은 우짱이 아니기 때문이다. 엄마가 갈구하는 것은 우짱의 사랑이 아니라 아빠의,

가장 근원적으로 원하는 것은 할머니의 사랑이다. 엄마는 할머니에게 "너는 덤이 아니다, 사랑하는 내 딸이야"라는 말을 듣기를 원하며 살아왔다. 그러나 할머니는 엄마의 애틋한 마음에 답해주지 않는다. 엄마가 원하는 만큼의 애정을 나눠주지 않는다. 할머니는 두 딸을 똑같이 사랑했다고 외치지만 엄마에게는 그런 말이 들리지 않는다.

　참 안타까운 관계다. 우짱은 엄마를, 엄마는 할머니를 일방적으로 짝사랑한다. 이 소설은 우짱의 시선으로만 서술되기에 할머니가 실제로 엄마를 얼마나 사랑했는지는 알 수 없다. 어쩌면 차별하지 않았다는 할머니의 말이 옳고 전부 엄마의 피해의식이었을 수도 있다. 그러나 잔인하게도 치매가 온 할머니는 손녀보다 딸을 먼저 잊어버린다. 치매는 갑작스러운 병이니 잊을 대상과 기억할 대상을 본인 마음대로 선택할 수 없다. 그걸 알면서도 엄마 가슴에 생긴 도랑은 점점 깊어진다. 우짱이 아무리 엄마를 사랑해도 도랑은 채워지지 않는다. 우짱이 엄마를 위해 할 수 있는 일은 없다. 심지어 자기 자신이 태어났기에 엄마가 망가졌다는 죄책감까지 느낀다. 그런 잔인한 현실을 어떻게든 회복하기 위해 고민한 끝에 내린 결론이 '엄마를 임신해서 다시 낳아주고 싶다'는 바람이다.

엄마를 낳고 싶다는 우짱의 바람은 분명 황당하면서도, 나 역시 딸이기에 이해되는 마음이다. 과거로 돌아가 결혼하기 전인 엄마를 만날 수 있다면, 조만간 만날 남자와 결혼할 생각일랑 하지도 말고 원하는 일 마음껏 하며 살라고 말해주고 싶다. 이 시대를 사는 딸이라면 누구나 이런 마음이 어느 정도는 있지 않을까. 적어도 나는, 엄마 인생에 내가 없어도 되니까 자신만을 위한 삶을 살았으면 좋겠다. 엄마와 평생 함께하고 싶지만 내가 발목을 잡았다는 죄책감이 은연중에 있다. 물론 이렇지 않은 모녀 관계도 많겠으나, 종종 이런 생각을 해왔기에 우짱의 충동에 공감할 수 있었다. 또한 마지막 문장을 읽으며 우짱의 앞날이 부디 밝기를 빌었다. 우짱이 조금이나마 행복해진다면 마음이 놓일 것 같다. 독자로서 처음 읽었을 때도, 번역자로서 우리말로 옮기는 동안에도, 작업을 마무리한 지금도 우짱의 행복을 바란다.

이 소설은 우짱이 남동생 밋군에게 엄마 수술을 앞두고 여행을 다녀온 이유와 엄마에 대한 마음을 털어놓는 독백으로 진행된다. 우짱의 이야기는 과거와 현재를 정신없이 오간다. 엄마를 회상하다가 갑자기 괴담을 떠올리는가 하면 SNS에 반응하는 식으로 생각이 이리저리 튄다. 자기 행동을 변명하듯이 늘어놓는 말들은 가끔 고집불통 어린애 같고 또 어떨 때는 삶에 찌들대로 찌든 어른 같다. 이 두서없는 느낌이 우짱에게 현실감을 줘서 SNS 어딘가에 정말 우짱이 존재할 것 같았다. 이런 분위기를 그대로 살리려고 노력하여 번역했는데 과연 어떨지 모르겠다. 원서에는 일본의 여러 사투리를 조합해 만든 독특한 말투가 다수 나온다. 특정 사투리로 옮기거나 독창적인 사투리를 만들어보려는 시도도 했으나, 오탈자로 보일 가능성과 가독성을 고려해 표준어로 옮겼다.

데뷔작으로 두 개의 상을 거머쥐었고, 차기작으로 신인에게 주는 가장 권위 있는 상인 아쿠타가와상까지 수상한 우사미 린. 흔한 말이지만 작가로서 화려하게 데뷔한 셈이다. 이제 20대 초반이니 앞으로도 멋진 작품을 보여줄 것이다. 그런 작가의 두 작품을 번역해 소개할 수 있어 더없이 영광이다. 부디 우리나라 독자에게도 우사미 린의 세계가 긍정적으로 다가갈 수 있기를 바란다.

2021년 11월

이소담

엄마

초판 1쇄 발행 2021년 11월 19일

지은이	펴낸곳
우사미 린	㈜미디어창비
옮긴이	등록
이소담	2009년 5월 14일
펴낸이	주소
강일우	04004 서울 마포구 월드컵로12길 7
본부장	전화
윤동희	02-6949-0966
책임편집	팩시밀리
이지은 장수현	0505-995-4000
디자인	홈페이지
장미혜	books.mediachangbi.com

한국어판 © ㈜미디어창비 2021

ISBN
979-11-91248-42-5 03830

전자우편
mcb@changbi.com